I0551569

Por Ti Volaré

Por

ANTHONY DONOGHUE

Derechos de Autor

PARA TI VOLARÉ

novela corta

por
Anthony Donoghue

Traducido por
Mibelis Ramos

Nueva York, Estados Unidos

© 2025 Anthony Donoghue

Dedicatoria

A mi madre, María,

Por tu constante sacrificio para que tus hijos

y nietos pudieran ser libres y felices.

Vuela, Mamita, Vuela.

Para Blue

Por tu amor y compañía

cuando más lo necesitaba.

Tabla de contenido

Prólogo

El Mapa de lo Invisible.

Quienes estudian la probabilidad afirman que el destino no es más que una acumulación de coincidencias estadísticas. Sin embargo, cuando dos vidas se cruzan a través de océanos, husos horarios y silencios compartidos, los números ceden ante algo mucho más poderoso: la obstinación del corazón humano. La historia que contienen estas páginas no nace de una ficción idílica ni de un romance perfecto que se desvanece al cerrar el libro; surge de la realidad más pura.

Por Ti Volaré narra la historia de un amor que se atrevió a desafiar la geografía y a tender puentes allí donde el mundo solo ofrecía abismos. Con una honestidad conmovedora, Anthony Donoghue nos sumerge en la travesía de dos personas comunes que descubrieron que amar, a veces, exige convertirse en supervivientes.

A lo largo de esta narración, el lector no encontrará un camino libre de espinas. Aquí quedan al descubierto la vulnerabilidad de las relaciones interculturales, el peso de la distancia y el frío escrutinio que impone la enfermedad. Es en esos momentos oscuros —cuando rendirse parece la opción más lógica y sensata— donde emerge la verdadera tesis de la obra: los vínculos más fuertes no se forjan en ausencia de tormentas, sino en la decisión inquebrantable de soportar la lluvia juntos. Cruzar las fronteras del idioma y del tiempo requiere valentía, pero apostar por una segunda oportunidad exige, ante todo, una fe absoluta el uno en el otro. Este libro nos recuerda que el amor verdadero no es un estado de paz perpetua, sino una aventura extraordinaria y, sobre todo, una elección cotidiana.

Prepárate, lector, para emprender un vuelo sin mapa. Al pasar la página, descubrirás que la distancia es apenas una medida física y que, cuando el deseo de construir una vida en común es auténtico, siempre es posible encontrar las alas para empezar de nuevo.

5

Capítulo 1

La habitación es grande, pero está llena de gente, lo que la vuelve sofocante y opresiva. Las luces fluorescentes proyectan sombras suaves en los rostros de los detenidos. Todo el mundo lleva mascarillas. Paola, una mujer chilena de unos cuarenta años, está sentada en la segunda fila rodeada de otros detenidos. Habla en voz baja en español con Alejandro y Pablo, dos hombres chilenos de unos veinte años, vestidos con ropa colorida al estilo hippie-chic.

Otros detenidos de diversas nacionalidades se sientan cerca: mexicanos, salvadoreños, guatemaltecos... una mezcla de rostros ansiosos y cansados. Un oficial latino se para junto a una de las paredes, mirándolos con una expresión neutral, mientras que otro oficial latino camina de un lado a otro por el pasillo central. Sus ojos nunca se encuentran con los de los detenidos.

Al frente de la sala, a poca distancia, el oficial Williams, afroamericano, está de pie y escribiendo en un portapapeles. Sin levantar la vista, grita el nombre de Paola. Su voz, frío y dominante.

"Paola Castillo."

Paola mira al oficial, manteniendo el contacto visual. Se levanta lentamente; luego pasa junto a los otros detenidos. Sus ojos, cansados y curiosos, la siguen. Ella camina hacia el oficial Williams. Cuando llega al oficial, se para demasiado cerca de él.

"Sra. Castillo, por favor, mantenga su distancia y míreme a los ojos."

Paola retrocede; un destello de irritación brilla en sus ojos. Su mandíbula se aprieta mientras trata de controlar sus emociones, pero el comportamiento impersonal y militar del oficial despierta una ira profunda y latente dentro de ella. Mirándola intensamente, continúa.

"¿Por qué viaja sola a los Estados Unidos hoy?"

"Estoy visitando Nueva York para Navidad y Año Nuevo" Ella responde.

"¿Está visitando amigos o familiares?"

Una pausa.

"No."

Los ojos del oficial se entrecierran ligeramente; un destello de sospecha cruza su rostro. Presiona más.

"¿Dónde te alojarás durante tu estancia en Nueva York?"

"El Hotel Riu, en West 47th Street, Manhattan."

"Y cuánto dinero lleva consigo hoy?"

Paola mete la mano en su bolsa de viaje y saca un grueso fajo de billetes. Ella lo sostiene frente a él, con agresividad; su ira finalmente aflora.

"Mira. ¡Mil dólares en efectivo! Y aquí, ¡mira! mis tarjetas de crédito."

"Está bien, cálmese, Sra. Castillo. Simplemente estoy tratando de determinar si planea quedarse a vivir en los Estados Unidos."

La cara de Paola se pone roja. Su respiración se acelera a medida que su ira se desborda; algo se rompe dentro de ella.

"¡¿Cómo te atreves a tratarme como si fuera un criminal?! ¡No tengo ningún interés en vivir en un país donde la policía maltrata a los turistas! Quiero regresar a mi país lo antes posible. ¡No me siento cómoda en los Estados Unidos!"

Sus palabras resuenan en toda la habitación. Los demás detenidos se mueven incómodos en sus asientos. Mira alrededor de la habitación; su mirada recorre a los otros detenidos.

"Todo lo que veo en esta sala son latinos. ¿Dónde están los europeos? ¿Por qué no detienen a los europeos? ¡Dios mío! ¡Increíble!"

7

Lanza una mirada hacia los oficiales de inmigración latinos, que están de pie a los lados de la habitación, observando con silencioso desapego. La acusación duele cuando se vuelve contra ellos.

"Discriminas a tu propia raza. ¡Debería darte vergüenza!"

Sus palabras cuelgan en el aire, cargadas de emoción. El oficial Williams la mira fijamente durante un largo y tenso momento. Sus ojos parpadean de incredulidad, pero no habla. La habitación está en silencio. Incluso los demás detenidos contienen la respiración. Finalmente, el oficial rompe el silencio.

"Está bien, Sra. Castillo. Bastante. Por favor, regrese a su asiento."

Paola se queda allí por un momento, furiosa, mirándolo con desdén. Luego, con un movimiento lento y deliberado, se da la vuelta y regresa a su asiento.

"¡Dios mío," ella murmura entre dientes! "¡Increíble!"

Llega a su asiento y Alejandro se inclina, susurrándole con urgencia.

"Señora, por favor... Cálmate. Mantén la calma."

"No vale la pena, señora," Pablo añadió en voz baja.

Ella hace un gesto desafiante, como para descartar su preocupación. Se desploma en su asiento, consumida por una rabia y una frustración ardientes.

Los minutos se prolongan, cada uno más largo que el anterior. Paola observa a los demás detenidos, todos exhaustos, nerviosos y tensos. Algunos conversan en susurros, mientras que otros permanecen en silencio, mirando a la nada. Los párpados de Paola se vuelven pesados. Siente una fatiga abrumadora; el estrés de esta terrible experiencia pasa factura, además de un vuelo nocturno sin dormir. Su postura se desploma, sus hombros rígidos por estar sentada en una silla incómoda y dura durante horas.

Entonces lo ve. Un gran sillón vacío se encuentra a un lado de la habitación, cerca de la pared. Se ve tan cómodo y acogedor que no puede resistirse. Se pone de pie, camina hasta la silla y se sienta. Se hunde en él; un suspiro de alivio escapa de sus labios mientras su cuerpo se relaja. Se inclina hacia atrás y cierra los ojos. Sin embargo, el oficial Williams, de pie al frente de la sala, la nota. Deja caer el portapapeles a su lado y se acerca; su voz corta el silencio.

"Sra. Castillo. Sra. Castillo. No puedes sentarte allí. Esos asientos son para personas que han estado aquí durante varios días."

La habitación, ya tensa, cae en una quietud mientras todos los ojos se dirigen a Paola y al oficial. Lentamente, ella abre los ojos y lo mira con incredulidad; su agotamiento, de repente, se convierte en ira helada y silenciosa.

"Varios días. Varios días. Esperando en esta habitación durante varios días. Dios mío."

Paola se pone de pie, a regañadientes, claramente molesta y, con movimientos deliberadamente lentos, cuando a su asiento. Mientras pasa junto al oficial Williams, murmura en voz baja, lo suficientemente fuerte como para que quienes están cerca de ella la escuchen; sus palabras cortan la tensión.

"Estoy feliz de regresar a mi país."

El tiempo sigue pasando lentamente. El aire está cargado con la pesadez del agotamiento. Los detenidos se sientan desplomados en sus sillas, algunos dormitando, otros mirando a media distancia, perdidos en sus pensamientos o reflexionando en silencio sobre sus circunstancias. El ligero zumbido de las bombillas fluorescentes de arriba llena el silencio, lo que se suma a la quietud opresiva de la habitación. Paola ha logrado sentirse lo suficientemente cómoda como para caer en un sueño ligero. Los chilenos también han sucumbido al sueño.

Los oficiales continúan observando a los detenidos. La sala se siente como un juego de espera: la tensión espesa el aire; el único movimiento ocurre cuando, ocasionalmente, un detenido se ajusta o se revuelve en su asiento. El único sonido se da en la forma de susurros o del llamado ocasional de algún detenido.

"Paola Castillo."

Los ojos de Paola se abren de golpe. Su cuerpo se siente rígido, su mente aturdida, pero la realidad de la que intentaba escapar ahora la golpea con toda su fuerza. Mira hacia arriba. El oficial latino que la llamó por su nombre se encuentra de pie a un lado de la habitación, con una expresión ilegible.

"Sra. Castillo. Por favor, venga conmigo."

Paola recoge sus pertenencias —su bolsa de viaje y su bolso pequeño— y se pone de pie. Alejandro le ofreció una leve sonrisa.

"Buena suerte, señora."

"Que todo salga bien," Pablo agregó, sonriendo suavemente.

"Gracias. Buena suerte para ti también."

El oficial latino ahora está esperando junto a la puerta, con postura rígida, mirando a Paola. Al llegar al oficial, ella lo sigue fuera de la habitación.

Caminan por un pasillo corto. Paola mantiene una distancia prudente detrás del oficial. Llega a una puerta al final del pasillo y escanea su tarjeta de identificación para abrirla. El pesado sonido de la puerta al abrirse reverbera y se escucha. Paola la sigue; la puerta se cierra detrás de ella con un suave ruido. La habitación está llena de maletas y las pertenencias de los detenidos están apiladas en desorden. El oficial camina hacia una gran mesa blanca en el centro de la habitación, donde hay una maleta abierta; su contenido se derrama sobre ella. Los ojos de Paola se abren por un momento al reconocer la maleta como suya. La comprensión la golpea, junto con un sofoco de vergüenza: sus cosas más íntimas ahora están en exhibición. Un destello de ira emerge de nuevo, pero ella rápidamente la interrumpe, tratando de controlar sus emociones.

El oficial procede a buscar entre los artículos, retirando ropa, artículos de tocador y otros efectos personales, con indiferencia clínica. Toma una bota negra larga y comienza a sacudirla, vaciando el contenido sobre la mesa. Varias cajas de píldoras se caen, con las etiquetas hacia arriba, revelando su naturaleza. El oficial recoge la bota correspondiente y repite el proceso. Más cajas de pastillas caen sobre la mesa.

"¿Se da cuenta de que podemos enviarla a prisión por esto!"

Las palabras aterrizan como un puñetazo, pero Paola logra mantener la compostura.

"Yo... Tengo recetas para estos medicamentos." Ella responde rápidamente, mientras buscaba frenéticamente en su bolso. "A veces me pongo ansiosa, ya saben."

El oficial sonrió débilmente.

"Lo sabemos. Nos dimos cuenta de eso, Sra. Castillo."

Paola le da a la oficial una mirada irónica mientras continúa buscando en su bolso. Saca lápiz labial, delineador de ojos y un espejo, y coloca cada artículo con cuidado sobre la mesa, uno por uno. Sus ojos se dirigen nerviosamente al oficial, quien continúa mirándola sin decir nada. Finalmente encuentra las recetas escondidas en un bolsillo con cremallera en la esquina de su bolso. Se los ofrece al oficial; un suspiro de alivio silencioso se le escapa mientras lo hace. El oficial examina brevemente las recetas y asiente con la cabeza mientras las escanea. Él se las devuelve con una expresión neutral.

Sin decir una palabra, comienza a volver a empacar su maleta. Una vez que todo está empacado, se pone de pie y coloca la maleta en posición vertical sobre el suelo. Luego, saca una hoja de papel de la mesa, la firma rápidamente y se la entrega.

"Está bien, Sra. Castillo. Es libre de irse. Puede utilizar este documento para obtener una tarjeta de embarque para el próximo vuelo disponible a Nueva York."

Paola le quita el papel, pero el oficial no ha terminado.

"Sin embargo, debe comprender por qué la detuvimos. Es muy inusual que una mujer que no habla inglés viaje sola a los EE. UU. durante el COVID."

Paola asiente; su expresión cambia a una de comprensión.

"Lo sé. Entiendo."

Se pone de pie, más erguida, y levanta el asa de su maleta con un clic silencioso. Ahora se siente calmada y con confianza, a pesar de todo lo ocurrido. Con una última mirada al oficial, ella le sonríe a través de su máscara.

"Gracias." dijo con suavidad, aunque un rastro de sarcasmo permanecía bajo las palabras. "¡Que tengas un buen día!"

Sin decir otra palabra, camina hacia la puerta por la que entraron, con la maleta a cuestas, sus pasos firmes y confiados. Sale de la habitación; la puerta se cierra lentamente detrás de ella.

Capítulo 2

La luz dorada del amanecer se derrama sobre el horizonte, tiñendo el mar de un resplandor que se refleja como en un espejo inquieto. Las gaviotas hacen círculos en el cielo; su canto rompe la quietud de una ciudad aún dormida, donde solo los primeros pasos de unos pocos viajeros y el murmullo de las olas contra la orilla interrumpen el silencio.

Paola descansa en la cama, mientras afuera la calma de la ciudad contrasta con el estruendo de la televisión que resuena en la habitación contigua. El ruido la arranca del sueño: se frota los ojos, se sienta lentamente y deja caer las piernas hasta el borde del colchón. Permanece en silencio por un momento, contemplando sus propios pies, antes de ponerse las pantuflas. Con un gesto lento, se levanta y avanza hacia el dormitorio vecino.

En la habitación con poca luz, Carmen, la madre de Paola, está sentada en la cama, con el cabello despeinado, vestida con un camisón. Ella mira fijamente la pantalla; las sombrías actualizaciones sobre la pandemia dominan las noticias. Paola se acerca a ella, de pie a los pies de la cama.

"Mamá." — levantando la voz por encima del ruido. "Por favor. La televisión está demasiado alta."

Carmen no reacciona; continúa mirando la pantalla grande sin pensar. Paola alcanza el control remoto y se sienta en la cama junto a su madre. Presiona el botón para bajar el volumen. El estruendo de la televisión se atenúa, pero la tensión entre ellos crece.

"Mamá, ¿por qué no usas los audífonos que te compramos?" Paola preguntó con más suavidad.

Carmen, todavía mirando la pantalla, murmura en respuesta.

13

"No los necesito. No me gustan. Me lastimaron los oídos."

Paola mira fijamente a su madre durante un momento, sintiéndose exasperada. Ella sacude la cabeza con incredulidad, frustrada por la terquedad incesante de su madre. Carmen busca lentamente su teléfono celular en la mesita de noche. Lo levanta en la mano y lo mira con sospecha.

"Paola... Este no es mi teléfono. ¿Dónde está mi teléfono?"

Paola observa a su madre; su frustración crece. Su paciencia se está agotando, pero se las arregla para mantenerla firme mientras se sienta junto a su madre. Paola toma el teléfono de la mano de su madre e ingresa la contraseña para desbloquearlo. Le muestra a su madre la foto en la pantalla.

"Mamá, mira. Es una foto tuya. Es tu teléfono celular."

Carmen mira fijamente el teléfono, con los ojos entrecerrados por la sospecha. Vuelve a mirar a Paola, como si se preguntara si le está diciendo la verdad. Un destello de incertidumbre cruza su rostro, pero vuelve a negar con la cabeza, con una voz un poco más tranquila, pero aún firme.

"No es mi teléfono celular."

El corazón de Paola se hunde; una mezcla de tristeza y mayor frustración brota en ella. Se sienta en silencio, atónito, durante un momento.

"¿Qué quieres decir con que no es tu teléfono celular, mamá? Es tuyo."

Paola pone el teléfono boca abajo en la cama y suspira en silencio. La carga de cuidar a su madre pesa más con cada día que pasa. Sin decir una palabra, Paola se levanta y se dirige hacia la puerta. Antes de salir, vuelve a mirar a su madre; su rostro se suaviza, aunque la frustración permanece. La puerta se cierra detrás de ella, dejando a Carmen en su propio mundo, mirando la televisión, perdida en la confusión y en su propio orgullo silencioso.

14

El dormitorio yace en la oscuridad, apenas interrumpido por el resplandor rojizo del despertador digital sobre la mesita de noche: son las 2:05 a.m. Paola duerme plácidamente, ajena al denso silencio de las primeras horas de la mañana. De repente, la puerta se abre y la luz irrumpe en la penumbra: Carmen, pequeña y frágil, se detiene en el umbral. Avanza lentamente, sus pasos tranquilos, hasta que se acerca a la cama de Paola.

"Paola. Paola. Necesito mi tableta." Ella susurró suavemente. Olvidaste darme mi tableta. Paola.

Paola se despierta, sobresaltada por el sonido de la voz de su madre. Ella parpadea, intentando despejar el sueño de su mente. Lentamente, se da cuenta de lo que está sucediendo: las palabras de su madre las va captando lentamente. Paola, medio despierto, confundido, mira el reloj.

"¿Mamá? Son las dos de la mañana... Te di tu tableta a las diez."

"¿Estás seguro?"

"Sí, mamá. Estoy seguro. Por favor, vuelve a la cama."

Carmen se queda allí por un momento, insegura, con los ojos buscando el rostro de Paola. Por un breve segundo hay una pausa y luego se gira lentamente, a regañadientes, para irse. Mientras camina hacia la puerta, murmura algo para sí misma, con la cabeza temblando ligeramente, confundida. En su estado de confusión, se olvida de apagar la luz o de cerrar la puerta detrás de sí.

Paola deja escapar un pequeño suspiro de resignación, luego se da la vuelta de espaldas, mirando al techo con frustración. Como último paso en este ritual nocturno, se levanta para apagar la luz y cerrar la puerta de su habitación.

El sonido de la televisión resuena en la habitación de su madre, atravesando la pared del dormitorio, pero Paola apenas lo nota, ya que se sienta apoyada en la cama. Amante de la psicología desde que era niña, Paola está absorta en un documental sobre Carl Jung mientras juega en su tableta. Cuando termina el documental, deja su tableta a un lado y toma su teléfono.

Comienza a desplazarse por Instagram, la aplicación de redes sociales que instaló recientemente. Es una distracción divertida durante los largos días del COVID. Sus pulgares se desplazan por la pantalla, hojeando fotos de sí misma, algunas más antiguas, otras recientes. Con una pequeña sonrisa, selecciona algunos de sus favoritos y los sube.

"Sí," murmuró con diversión. "Un proyecto de vanidad."

La idea de que Instagram sea un espacio solo para ella, separado del Facebook más íntimo y familiar, se siente como un nuevo comienzo. Le gusta la idea de crear esta nueva identidad, una identidad curada solo para ella. A medida que se desplaza en busca de más fotos para subir, aparece algo inesperado: una notificación de un mensaje de Instagram. Ella deja de desplazarse. El nombre del remitente es Bradley Cooper.

Los ojos de Paola se abren ligeramente. ¿Bradley Cooper? Ella abre el mensaje y mira su foto de perfil: un hombre guapo sosteniendo a un niño pequeño. Su corazón da un vuelco. La niña, de unos dos o tres años, parece ser su hija. Ella sonríe ante la idea, lo que lo vuelve aún más atractivo.

"Oh, Dios mío," ella susurró. "¡Qué guapo!"

Ella toca su foto de perfil y la amplía; su corazón se acelera ligeramente mientras contempla la imagen de él. Su curiosidad comienza a crecer.

Ella abre el mensaje. Está en inglés. Duda por un momento, recordando sus luchas con el idioma durante sus años escolares. Paola siempre había querido aprender inglés, pero, con la dislexia no diagnosticada cuando era niña, el aprendizaje se volvió más difícil.

Después de una breve pausa, abre la tienda de aplicaciones en tu teléfono. Su búsqueda la lleva rápidamente a Google Translate. Instala la aplicación y la abre, seleccionando la traducción del inglés al español.

Ella copia y pega el mensaje de Bradley en la aplicación. Aparece la traducción:

Hola, Paola. Soy actor. Por favor, sigue mi perfil.

Una pequeña sonrisa tira de la comisura de sus labios. Se ríe suavemente para sí misma, sintiendo una oleada de emoción. Un actor, un actor guapo, nada menos, quiere que ella siga su perfil.

"¿Qué tan loco es esto?" se ríe entre dientes para sí misma.

Curiosa por saber más sobre él, abre Google y escribe "Bradley Cooper" en la barra de búsqueda. Las imágenes inundan su pantalla: eventos de alfombra roja, carteles de películas y su filmografía. Ella se desplaza a través de ellos; sus ojos se iluminan con cada imagen suya; la fascinación crece.

"Guau." ella susurró. "¡Es famoso!"

Se sienta en su cama; sus pensamientos se aceleran. Ella no puede dejar de sonreír, incluso cuando se pregunta por qué él la contactaría específicamente. ¿Cree que ella es otra persona? ¿Es esto una broma?

Ella regresa emocionada a Instagram una vez más; se encoge de hombros con una leve sonrisa, antes de hacer clic en el botón Seguir en su perfil.

Dejó el teléfono en su cama; todavía sonriendo levemente, una nueva emoción se agitaba en ella. Por un momento, se siente como si fuera algo más, conectada a algo más grande y brillante que las luchas cotidianas que enfrenta.

Más tarde, se para junto a la encimera de la cocina, preparando tranquilamente su té y un simple sándwich. La tetera rompe el silencio con su silbido agudo, y ella vierte el agua humeante en la taza antes de untar la mantequilla, colocar el jamón y el queso y luego todo en una bandeja pequeña.

Con pasos tranquilos, regresa a su habitación, deja la bandeja en la mesita de noche y se recuesta en la cama. Toma un sorbo de té, mordisquea el pan aún caliente y, sin pensarlo, dirige la mirada al teléfono. Ella desliza su dedo por Facebook, revisando la vida de amigos y familiares entre fotos y frases dispersas. Mientras comenta la publicación de un conocido, un destello inesperado irrumpe en la pantalla: una notificación de Instagram de Bradley Cooper. Sus ojos se abren de sorpresa.

"Simplemente no puede se."

Toca la notificación para abrirla y ver el mensaje de Bradley Cooper. Su corazón da un vuelco. Sin dudarlo, Paola copia el mensaje y lo pega en Google Translate.

Hola, Paola. Gracias por seguir mi perfil. He estado mirando tu perfil. Eres una mujer increíblemente hermosa.

Los ojos de Paola se abren mientras deja su té. El mensaje la hace sentir halagada, pero también un poco sospechosa.

"¿Por qué me escribiría? ¿Por qué está coqueteando conmigo?"

Ella exhala profundamente, decidiendo responder con cautela, pero aún, queriendo participar. Escribe su respuesta en Google Translate y copia la traducción.

Hola, Bradley. Gracias por tu cumplido. Tú también eres muy guapo. Estoy un poco sorprendida de recibir tu mensaje. ¿Esa es tu hija en tu foto de perfil? ¿Estás casado?

Presiona enviar y se recuesta, a la espera. Ella mira fijamente su teléfono, sin esperar una respuesta rápida, pero esperando una de todos modos. Para distraerse, regresa a Facebook. A medida que comienza a buscar más publicaciones, aparece otra notificación: un mensaje de Bradley.

Sí. Esa es mi hija. Su nombre es Lea de Seine. Comparto la custodia con su madre, pero no estoy casado ni veo a nadie. ¿Estás casada? ¿Tienes hijos?

Las sospechas de Paola comienzan a desvanecerse un poco. Su respuesta se siente auténtica, personal y abierta. La emoción de enviar mensajes de texto a un actor de Hollywood nubla su juicio y alimenta su ego, cegándola ante cualquier otra posibilidad. Sus dedos se mueven rápidamente sobre la pantalla, escribiendo su respuesta.

Estoy divorciada. Tengo dos hijos, ahora jóvenes, Alejandro y Daniel. ¿Vives en Los Ángeles?

Casi de inmediato, la respuesta de Bradley regresa. Paola apenas puede creer lo rápido que está respondiendo.

Vivo en Los Ángeles y en Nueva York. En este momento, estoy en Nueva York.

La cara de Paola se ilumina. Ahora tiene mucha curiosidad e interés por aprender más sobre su vida. Nueva York, un lugar que siempre ha soñado visitar. Rápidamente escribe su respuesta.

Me encanta Nueva York, las películas y Frank Sinatra. Espero visitarlo alguna vez.

Bradley responde de nuevo rápidamente; la ida y vuelta de los mensajes se siente natural, sin esfuerzo.

Deberías visitarlo. Es una gran ciudad. Puedo mostrarte todos los lugares increíbles. Vivo en Greenwich Village. Es hermoso con muchos cafés y restaurantes encantadores.

Vives en un pueblo. Pensé que vivías en la ciudad.

Jaja. No. Greenwich Village es el nombre de un barrio en la parte antigua de la ciudad. Una vez fue un pueblo en las afueras de la ciudad, cuando la ciudad era mucho más pequeña.

19

Oh. Está bien. Suena bien.

Ella sonríe, sintiéndose un poco más cómoda; la precaución se desvanece por completo a medida que crece su confianza. Esta conexión con Bradley ha cambiado algo en ella: un sentimiento de importancia, de que es una mujer que aún puede atraer a hombres guapos, incluidos actores famosos. Está disfrutando de la emoción de todo y de lo bien que la hace sentir. Continúan charlando hasta altas horas de la noche.

La única luz en la habitación brilla sobre la pantalla del teléfono de Paola. Se sienta apoyada en su cama, con el teléfono en la mano, perdida en su mundo de mensajes y emoción. La televisión de la habitación contigua emite las noticias habituales sobre el COVID, pero para Paola se desvanece entre el ruido de fondo.

Ha estado charlando con Bradley Cooper durante días y cada mensaje la ha hecho sentir más especial, más vista. La conexión entre ellos se siente tan real, tan natural, que cualquier duda persistente sobre si realmente era él ha comenzado a desvanecerse. Lo que eliminó sus dudas por completo fue una visita a un adivino que un buen amigo le había recomendado. Su amigo, un hombre bien educado y culto, tenía toda su confianza en la adivina que había visitado durante años. Esta era su confidente, su psicóloga, su todo. Le sugirió a Paola que visitara a la adivina para preguntarle si el hombre con el que está chateando es, de hecho, Bradley Cooper. Por supuesto, la adivina confirmó lo que ella quería escuchar, lo que quería que fuera verdad.

Esta noche, está buscando opciones de vuelo a Nueva York para Navidad y Año Nuevo. Con los cierres por el COVID, los precios están mucho más bajos de lo que se esperaría. Su dedo se cierne sobre el botón "Reservar ahora" y duda por un momento antes de ingresar los datos de su tarjeta de crédito. La emoción de todo esto corre por sus venas.

Ella confirma el vuelo, respira hondo y sonríe. Ella se va a Nueva York. Casi puede saborear la emoción de estar en las luces de la ciudad, entre los rascacielos y Times Square, y la esperanza de conocer a Bradley. Los dedos de Paola se mueven rápidamente por la pantalla, escribiendo emocionada un mensaje para Bradley.

Hola, Bradley. Reservé un boleto para venir a Nueva York para Navidad y Año Nuevo. Espero que podamos encontrarnos mientras estoy allí.

Presiona enviar y se recuesta contra la cabecera de su cama; una amplia sonrisa se extiende por su rostro. Ella mira fijamente el recibo de su boleto, sonriendo. Santiago, Chile, a Nueva York, EE. UU. Tan emocionante. Después de unos minutos, aparece una notificación de respuesta de Bradley.

Paola abre ansiosamente su respuesta, esperando que comparta su emoción. Pero esta vez, la foto que ha adjuntado la toma por sorpresa. Es el rostro de un hombre, alguien desconocido para ella. Hace una pausa, sintiendo una extraña inquietud que burbujea en su pecho. Ella abre el mensaje. Las palabras que aparecen le revuelven el estómago y le ponen el rostro rojo brillante.

Ojalá no hubieras hecho eso. La verdad es que no soy Bradley Cooper. Mi nombre es Adekunle. Soy de Nigeria. La gente en mi país está empobrecida. Fingimos ser celebridades para ganar dinero. Pero cuando vi tu cara y charlé contigo, me enamoré. Eres tan encantadora y hermosa. ¡Te amo, Paola!

Paola mira fijamente el mensaje; sus manos tiemblan ligeramente. La emoción que sentía comienza a drenarse de ella, y se la reemplaza confusión e incredulidad. Ella vuelve a leer el mensaje; su mente lucha por darle sentido a lo que lee. Lentamente, escribe.

¿Qué... ¿Qué es esto?

Su corazón late más rápido ahora y siente una punzada aguda de vulnerabilidad. La conexión que pensaba que estaba construyendo con Bradley Cooper se está derritiendo rápidamente y se está reemplazando por este hombre engañoso, Adekunle, un extraño. La revelación se siente como un golpe en el estómago. Su ego y su sentido de validación se han hecho añicos. Otro hombre levantándola y luego destruyendo su autoestima. Su pulgar se cierne sobre la pantalla mientras piensa en su próximo movimiento. ¿Debería responder? ¿Debería confrontar a este hombre, pedirle que se lo explique? ¿O debería simplemente bloquearlo y olvidar que esto sucedió?

Paola se sienta inmóvil en su cama, mirando la pantalla de su teléfono con incredulidad. Su mente es un remolino caótico de emociones: humillación, ira y vergüenza. Había construido toda una fantasía en torno a este hombre que creía que era Bradley Cooper, este actor de Hollywood, imaginando paseos por Central Park, largas conversaciones sobre la vida e incluso enamorándose. Había estado tan ansiosa por escapar de la monotonía de su vida, por sentirse querida, admirada y especial. Esta revelación golpea fuerte y realmente duele.

Paola comienza a escribir su respuesta a Adekunle, pero vacila. La ira surge en ella y, antes de que tenga la oportunidad de procesar sus emociones, toca y vuelve a tocar, bloqueando su cuenta. La acción es rápida, definitiva. Sin embargo, no le brinda el alivio que esperaba.

Paola mira fijamente la pantalla de su teléfono, sintiéndose completamente abatida. Entonces un pensamiento la golpea.

Toca la barra de búsqueda en Instagram. Escribe "Bradley Cooper" y presiona "Enter". A medida que empiezan a cargarse los resultados de la búsqueda, su corazón da un vuelco. Docenas de cuentas de Bradley Cooper inundan su pantalla, una tras otra, cada una con una foto de perfil distinta, una versión distinta de su persona.

"Oh, Dios mío," Ella susurró. "Tantos Bradley Coopers..... ¿Alguno de ellos es el verdadero Bradley Cooper?"

Los pulgares de Paola se detienen sobre su pantalla. Sus pensamientos se aceleran mientras reflexiona sobre todo lo ocurrido.

¿Alguna vez encontraré a mi Bradley Cooper? ¿Encontraré alguna vez el amor verdadero?

Deja su teléfono a un lado y se acuesta en su cama, mirando fijamente al techo. El estruendo de la televisión de su madre, subido al máximo volumen en la habitación contigua, se filtra como un duro telón de fondo para el torbellino de pensamientos que no le da respiro.

Capítulo 3

Patrick desliza la llave en la cerradura de la puerta de vidrio de la casa de piedra rojiza de cinco pisos. Se pone la bolsa de cuero sobre el hombro al entrar al edificio. Abre el buzón y extrae un pequeño fajo de cartas antes de iniciar el ascenso por la estrecha escalera que lo conduce, paso a paso, hasta la cima.

El abre la puerta de su estudio. Allí lo espera Blue, un esbelto gato azul ruso, que le da la bienvenida con un maullido y el juguetón balanceo de su cuerpo, zigzagueando entre los pies de Patrick. Fiel a su rutina, exige comida y caricias. Patrick se inclina y coloca la mano en la espalda, en un gesto que sella el regreso al refugio de su mundo.

"Hola, Blue. ¿Cómo estás?"

Blue maúlla de nuevo, insistente.

"Está bien, está bien. Dame un minuto."

Patrick deja caer su correo y sus llaves sobre la nevera, ubicada en la entrada; se quita el abrigo y los zapatos y los coloca en el pequeño armario junto a la puerta. Camina hacia la sala de estar principal. Blue lo sigue de cerca.

A la derecha hay una alcoba con un colchón en el suelo. A la izquierda hay una chimenea que no funciona y un árbol de Navidad. Cuando Patrick pasa por el árbol, toca un interruptor de piso y las luces del árbol parpadean.

Luego, deja su bolso junto al escritorio, cerca de la ventana de la esquina más a la izquierda, y se sienta. Su libro de texto se encuentra en su escritorio: *Statistical Thinking Through Media Examples, 3rd Edition*. Abre su computadora portátil. Blue maúlla de nuevo, frotándose contra su pierna.

24

"Está bien, Blue. Bien. Vamos."

Patrick se levanta de su escritorio y se dirige a la pequeña cocina cerca de la entrada. Recoge el plato de Blue del suelo; una costra de comida seca se adhiere al borde. Lo enjuaga y lo coloca en el mostrador.

Abre la nevera y coge una lata de comida para gatos. Rompe media pastilla en la comida de Blue y vuelve a colocar el plato en el suelo. Blue empuja la mano de Patrick hacia un lado y se clava. Observa a Blue durante un segundo; luego, se da la vuelta y regresa a su escritorio. Se sienta, abre su computadora portátil y revisa su correo electrónico de la Universidad de Columbia. Tiene un mensaje de su asistente de enseñanza.

Fecha: 21 de diciembre

Materia: Calificación final

Hola, profesor. He completado la calificación del semestre de otoño. He adjuntado el archivo de Excel con las calificaciones generales.

Avísame si tienes alguna pregunta.

¡Disfruta de las fiestas!

Charlie

Ahora Patrick escribe su respuesta.

Hola, Charlie, gracias por completar la calificación tan rápido. Si tengo alguna pregunta, se lo haré saber.

¡Disfruta también de las fiestas!

25

Presiona enviar y exhala: el tipo de exhalación larga y lenta que solo llega al final de un largo recorrido. El semestre casi ha terminado. El año casi ha terminado: un año desafiante. Un buen año para estar ocupado y distraído, pero ahora estaba cansado. Realmente cansado.

Ahora cierra la computadora portátil, se sienta tranquilamente y camina hasta el sillón junto a la chimenea. Deja su teléfono en la otomana y se hunde en la suavidad del asiento, enciende su tableta y abre una aplicación de música. Una suave melodía de piano comienza a fluir, envolviendo la habitación en una atmósfera íntima. Abre el libro que lo acompaña desde hace días y se deja calmar por la serenidad que lo rodea. Después de un rato de lectura, se levanta, va a la nevera y extrae lo necesario para preparar una cena ligera. Poco después, regresa con una bandeja, se acomoda en el sillón y lo coloca en su regazo. Levanta el teléfono, lo pone en la bandeja y abre la aplicación de citas recién instalada. Entre bocado, repasa las breves conversaciones acumuladas. Abre una de ellas y, con un toque de curiosidad, la vuelve a leer, como si buscara entre líneas algo distinto a lo que había visto la primera vez.

Hola Patrick. ¿Qué tal te fue hoy?

Hola Emma. Bien. ¿Y a ti, qué tal te fue hoy?

Bien. Veo que eres profesor. ¿Qué enseñas?

Estadísticas

Ok. Yo odiaba las estadísticas en la universidad. No tenía idea de lo que estaba haciendo.

La mayoría de los estudiantes sienten lo mismo. Es realmente un tema notablemente interesante.

Estoy segura de que lo es.

Entonces, ¿qué haces?

La conversación terminó ahí. Patrick se desplaza por los perfiles. Desliza el dedo hacia la derecha. Desliza el dedo hacia la derecha. Se detiene. Suspiros. Cierra la aplicación con un movimiento de cabeza, pensando para sus adentros.

¡Qué pérdida de tiempo!

Pone el teléfono boca abajo en la bandeja y hace clic en su tableta. Continúa leyendo mientras come.

Más tarde, Patrick está lavando su plato en la cocina. Escucha el pitido de su teléfono. Se seca las manos, entra en la sala de estar y lo recoge. Tiene un nuevo mensaje de la aplicación de citas. Lo abre.

Hola, Patrick. Me gustan tus fotos. La foto tuya con el gato es adorable. ¿Cómo se llama?

Patrick sonríe levemente, se sienta y hace clic en el perfil de Paola. Aparecen sus fotos y, por un momento, se olvida de respirar. Ella es hermosa. Se desplaza lentamente por sus fotos, hipnotizado por su hermoso rostro. Se sienta nerviosamente y comienza a escribir.

Hola, Paola. Su nombre es Blue—

Elimina.

Hola. ¡Gracias! Ese es Blue, mi gato...

Elimina de nuevo.

Comienza de nuevo. Toma un respiro. Luego presiona enviar.

Hola, Paola. Su nombre es Blue. También me gustan tus fotos. Eres increíblemente hermosa.

Patrick se inclina hacia atrás, teléfono en mano, mirando la pantalla, esperando. Nada. Murmura en voz baja, encogido. Sigue esperando. Nada.

"Eres increíblemente hermosa," murmura para sus adentros. "¡Increíblemente hermosa! ¡Dios mío! Estúpido."

Se desplaza nuevamente por las fotos de Paola, luego por su escaso perfil. Su ubicación es Nueva York. A una milla de distancia. No mucho más. Exhala bruscamente por la nariz, cierra la aplicación y cuelga el teléfono. Toma su tableta y procura concentrarse en su libro. Pero cada pocos minutos, sus ojos vuelven a su teléfono. Tiene una necesidad ilógica de levantarlo para verificar si hay un mensaje de Paola, aunque no han llegado alertas de mensajes. La soledad y el anhelo de conexión humana pueden volverlo a uno un poco loco.

No puede resistirse más. Levanta su teléfono y abre la aplicación de citas, sin mensajes nuevos. Pero algo es diferente: la foto de perfil de Paola ahora es la de un personaje de dibujos animados. Confundido. Hace clic para ver sus otras fotos. Las imágenes de La Pantera Rosa las han reemplazado en varias poses. Él mira, desconcertado. Luego deja escapar una risa suave y aturdida.

"Oh, Dios mío. Odio las aplicaciones de citas."

Deja el teléfono boca abajo sobre la otomana, esta vez con más fuerza. Sacude la cabeza y vuelve a coger la tableta. Vuelve a leer con la música clásica de fondo, sintiéndose más solo que nunca. Mira fijamente la página, pero las palabras se difuminan.

Blue se acerca en silencio, mira hacia arriba durante un momento y luego salta al regazo de Patrick. Da vueltas un par de veces y luego se asienta. Patrick coloca una mano suave en su espalda, acariciándole el suave pelaje. El gato ronronea. Patrick exhala, solo un poco más ligero, y vuelve a leer por la noche.

Mirando por la ventana, desde un apartamento al otro lado de la calle, podría ser una pintura: un hombre en silueta sentado junto a su chimenea. Un gato en su regazo le brinda compañía y consuelo. Un árbol de Navidad brilla. Un retrato de la soledad y el anhelo tranquilo, como algo salido de la mente de Edward Hopper.

Un maullido insistente despierta a Patrick. Blue se para a los pies del colchón, mirándolo fijamente. Abre un ojo, mira el reloj en el suelo junto al colchón.

7:00 A.M.
En punto. Como de costumbre.

"Ok, Blue. Detente. Dame un minuto."

Blue se queda callado, pero sigue mirando. Patrick se sienta lentamente, levantándose del colchón. Blue lo sigue a la cocina mientras Patrick repite el mismo ritual de preparar la comida de Blue que la noche anterior. Luego, prepara su café, unta con mantequilla su tostada y camina hacia el sillón junto a la chimenea. Se sienta y levanta el teléfono. No hay nuevos mensajes. Abre la aplicación de citas. Perfil de Paola. Todavía todo lo que aparece es de la Pantera Rosa. Lo mira fijamente durante un momento. Sacude la cabeza lentamente y cuelga el teléfono. Abre su tableta y hace clic en la aplicación de The New York Times. Se desplaza, lee y bebe su café, el comienzo de su último día ocupado del semestre.

Al final de la tarde, Patrick se sienta en su escritorio, con la mirada fija en su computadora portátil. Afuera, el crepúsculo se posa sobre la ciudad. Las ventanas de los edificios de apartamentos al otro lado de la calle cobran vida: cuadrados amarillos, con el telón de fondo de un cielo azul que se oscurece, una vista típica de un apartamento de Nueva York. En la pantalla, se ingresa la última de las calificaciones finales. Se desplaza por la lista una última vez para detectar errores. Satisfecho, hace clic en Enviar. Aparece una ventana emergente: *calificaciones enviadas correctamente al registrador.*

Patrick exhala y se recuesta en su silla, aliviado, no solo de que haya terminado, sino también de que el peso de todo un semestre y de un año finalmente se haya levantado. Cierra la computadora portátil. Se pone de pie. Entonces, solo... se queda sin saber qué hacer por la noche, ahora que su tiempo está libre. Camina hasta el sillón y se sienta, colocando los pies en la otomana. Su teléfono está a su lado. Lo mira fijamente, en debate.

Estas aplicaciones de citas... tan adictivas. Acechando por la necesidad de conexión.

Alcanza el teléfono, luego se detiene y, en su lugar, toma su tableta para continuar leyendo su libro. Mientras lo hace, su teléfono emite un pitido. Lo recoge. Un nuevo mensaje de Paola. Sus ojos se abren como platos. Toca la pantalla para abrir el mensaje.

Gracias. ¡Eres muy guapo!

Patrick se sienta y sonríe, solo un poco, increíblemente feliz con su respuesta. Duda nerviosamente.

Nunca he sido bueno en esta parte. Por otra parte, ¿qué importa? Estás respondiendo a la Pantera Rosa.

Comienza a escribir. Paradas. Escribe de nuevo. Luego, hace clic en "Enviar".

Gracias. No pensé que tendría noticias tuyas. ¿Por qué las fotos de la pantera rosa?

Mira la pantalla. Todavía está en línea, pero no está escribiendo.

Probablemente está hablando con otros tipos.

Entonces, de repente, aparece un mensaje.

Llegué a Nueva York anoche. Estaba exhausta y me quedé dormida temprano. No me gustan las aplicaciones de citas. Me sentí avergonzada, así que quité mis fotos.

Patrick sonríe mientras escribe su respuesta. Ya le gusta.

30

Entiendo. Tampoco me gustan las aplicaciones de citas. Prefiero la forma anticuada de conocernos en persona. ¿De dónde eres?

Hay un persiste retraso en su respuesta que se prolonga durante el resto de la charla.

Yo también prefiero conocernos en persona. Soy de Chile. Estoy visitando Nueva York para Navidad y Año Nuevo. ¿Vives en Nueva York?

Vivo en el Upper West Side de Manhattan. Soy originario de Irlanda, pero he vivido en Nueva York durante más de 20 años. Nueva York es hermosa en Navidad. ¿Dónde te alojas?

Eres irlandés. Interesante. El padre fundador de mi país era de ascendencia irlandesa. Bernardo O'Higgins. Me estoy quedando en un hotel cerca de Times Square.

Guau. Eso es interesante: los irlandeses aparecen en todas partes. Tendré que buscarlo en Google. Vivo muy cerca de Times Square.

Sí. Búscalo en Google. Es una persona interesante; siente una gran admiración y respeto hacia los irlandeses de mi país. Tal vez puedas darme un recorrido a pie por Times Square.

Patrick piensa por un momento. Decide ser un poco atrevido en su respuesta. No le interesan las charlas por mensajes de texto largos y extensos.

Me encantaría. ¿Qué tal esta noche?

Esta vez, la pausa antes de que Paola respondiera fue más larga que las anteriores.

Puedo encontrarme contigo esta noche.

Guau. Bien. ¡Tranquilo!

Respira hondo de nuevo y escribe:

31

Ok. Genial. ¿Dónde te encontraré? ¿Qué hora te viene bien?

El hotel se llama The Pod. La dirección es 400 West 42nd Street. Puedo encontrarme contigo frente a la entrada a las 6:30 pm. ¿Es ese momento adecuado para ti?

Sí. Esa hora me viene bien. Puedo encontrarte allí. Llevaré un sombrero azul y una chaqueta gris.

Súper. Hay algo que debes tener en cuenta. No hablo inglés. He estado usando una aplicación llamada Google Translate. ¿Has oído hablar de esta?

Una mirada de sorpresa total aparece en el rostro de Patrick. Eso explica los retrasos. Niega con la cabeza y sonríe mientras escribe su respuesta.

Guau. Sí. Escuché eso. De acuerdo. Esto debería ser interesante. Descargaré la aplicación antes de irme.

De acuerdo. Nos vemos luego.

Hasta pronto.

Patrick cierra la aplicación de citas y descarga rápidamente Google Translate. Comprueba la hora. 5:10 p.m. Se pone de pie, sonriendo apenas. Respira hondo. Su corazón late con fuerza, rápido, inestable.

Mi primera cita en casi veinte años.

Exhala, medio riendo, medio nervioso, y camina rápidamente hacia el armario. Comienza a tirar de las camisas de las perchas y arrojarlas sobre el colchón, una por una. Blue observa desde el suelo, confundido por este repentino estallido de movimiento. Patrick se desnuda hasta quedar en calzoncillos, toma una toalla y se dirige al baño.

Son las 5:50 pm. Está vestido. Ordenado pero informal. Se pone su chaqueta gris y su sombrero azul y luego mira el espejo en la parte trasera de la puerta del armario. Respira hondo. En su mente, todo lo que ve es ese hermoso rostro. Sonríe, nervioso y esperanzado, toma sus llaves de la parte superior de la nevera y sale por la puerta del apartamento. Blue se para cerca de la puerta, preguntándose adónde fue su papá con tanta prisa y si volverá pronto.

Patrick camina rápidamente por la calle 42 hacia la 9.ª Avenida, abriéndose paso entre turistas y lugareños envueltos en abrigos y bufandas. La calle se llena de luz y emoción de la temporada navideña. Mira su reloj. 6:25 p.m. Respira hondo, deja escapar una larga exhalación y cruza el semáforo de la 9.ª Avenida. Más adelante: The Pod Hotel, escondido en la esquina.

Se detiene cerca de la entrada del hotel, frente a la calle. Sus manos descansan en los bolsillos de su abrigo mientras sus ojos se pierden en la escena frente a él y en la gente que pasa. Da pasos inciertos y vuelve la mirada hacia las puertas. Aparece una mujer. No es ella. El instante se repite: otra silueta cruza el encuadre y, esta vez, lo sabe sin dudarlo. Es Paola.

Una bata blanca la envuelve; un sombrero negro sombrea su rostro y, bajo su ala, se asoma un mechón oscuro de su cabello. Sus miradas se encuentran y el mundo parece detenerse por un momento. Ella avanza hacia él. Una sonrisa. Un apretón de manos: contenido, casi tímido, pero con calidez genuina.

"Hola."

"Hola."

Su primer hola.

Cuando vi a Paola caminando hacia mí, me dio la impresión de que era encantadora. Su sonrisa era hermosa; sus ojos eran acogedores y amables. Su rostro era adorable. Todo en su comportamiento era encantador.

Un breve silencio. Sonríen, atrapados en esa dulce incomodidad de no saber qué hacer. Una risa nerviosa se extiende entre ellos como un puente invisible. Entonces Patrick levanta la mano, señalando hacia Times Square.

"Times Square."

Paola asiente, todavía sonriendo. Se dan la vuelta y comienzan a caminar, uno al lado del otro. Cerrar. Sus pelajes casi rozaban. Se miran el uno al otro mientras caminan, intercambiando pequeñas miradas, medio tímidas, medio intrigadas. Cruzan la 9.ª avenida. A medida que se acercan a la 8.ª Avenida, Patrick hace un gesto con la mano izquierda.

"Giramos a la izquierda en 7th Avenue. ¿De acuerdo?"

Paola le sonríe, divertida.

"Ok."

Ella continúa mirándolo con una sonrisa curiosa. Sigue hablando, nervioso, antes de contenerse, recordando que ella no entiende. Ella sigue mirándolo, sonriendo y divertida.

Le gusto. Puedo decirlo. No hay presión para decir lo correcto. Lo cual, para mí, es un regalo del cielo. Simplemente deja de hablar.

Recuerda cómo, en el pasado lejano, cuando era joven, los nervios lo convertían en un desastre balbuceante: las palabras caían rápido y torpemente. Siente que nada ha cambiado mucho. ¿Pero esta noche? No necesita decir nada. Solo necesita caminar. Relajarse y estar presente sin la presión de tener que entablar una conversación. Que sus acciones y la ciudad hablen por sí mismas.

Se detienen en la esquina de la 8ª Avenida, esperando que cambie el semáforo. Paola mira a Patrick. Ella sonríe suavemente, completamente a gusto. Comparten una mirada. Algo tranquilo y mutuo pasa entre ellos. No se necesita traducción. La luz cambia y siguen caminando.

Al llegar a la 7.ª Avenida, Patrick le sonríe mientras señala hacia el norte.

"Times Square."

Paola asiente con los ojos radiantes. Giran y se dirigen hacia el norte hacia las brillantes luces de Times Square. Las multitudes se espesan; la energía a su alrededor aumenta. Las vallas publicitarias digitales se elevan sobre ellos como pinturas en movimiento, el aire vivo con color y movimiento.

Paola saca su teléfono. Ella sonríe cuando comienza a tomar fotos; todo a su alrededor es un espectáculo: un grupo de turistas posa con un hombre de traje de Spider-Man. Un trío de bailarines callejeros sube al escenario y la multitud vitorea. Enormes pantallas LED iluminan toda la plaza. Un saxofonista toca «Sinatra» bajo una valla publicitaria brillante.

Se gira lentamente, capturándolo todo, con los ojos muy abiertos y el rostro iluminado como el de un niño en el país de las maravillas. Mientras lo asimila todo, le sonríe a Patrick y él le sonríe a cambio. Patrick retrocede un poco, solo mirándola. Respira hondo y se relaja por completo. Él puede ver que ella está disfrutando de su primera cita. Solo necesita dar un paso atrás, relajarse e ir con la corriente. Comienzan a dejar atrás las luces y las multitudes de Times Square, ahora caminando hacia el norte a lo largo de una parte más tranquila de Broadway. El ritmo de su caminata se ralentiza. Patrick señala hacia adelante.

"Parque Central."

Ella sonríe, asintiendo; su rostro aún brilla de emoción por Times Square.

"Ok. Bueno."

A medida que caminan hacia la parte alta de la ciudad, la calle se vacía y el ruido se desvanece. Se miran el uno al otro de vez en cuando, intercambiando sonrisas tranquilas. Hay un ritmo entre ellos ahora mientras caminan. Algo suave y sin palabras está pasando entre ellos, una especie de poesía sin sonido.

Llegan a la calle 59 y giran a la derecha en Central Park South. Al otro lado de la calle está el parque. Oscuro y vasto, salpicado de luces cálidas entre los árboles. Arriba, lo que parece una luna llena. Se detienen en la esquina por un momento. Patrick hace un gesto hacia el paso de peatones. Está sugiriendo que salgan a caminar por el parque. Ella duda. Hay un destello de preocupación en sus ojos. Patrick lo ve de inmediato. Sus ojos se encuentran. Él le da una sonrisa suave y cómplice, una mirada que dice: «Está bien, lo entiendo». Paola asiente, agradecida. Patrick gira y apunta hacia el este, hacia la 5.ª Avenida.

"Quinta Avenida."

La cara de Paola se ilumina.

"Ah, sí. Quinta Avenida. Súper."

Doblan la esquina hacia la Quinta Avenida desde el Hotel Plaza. Los ojos de Paola se abrieron con deleite ante la majestuosidad del hotel y la vista de todas las luces navideñas en la Quinta Avenida.

Saca su teléfono y avanza unos pasos. Ella toma foto tras foto. La Plaza, las luces de la Quinta Avenida, las multitudes, los carruajes que esperaban junto a la acera. Luego se vuelve hacia Patrick, esbozando una sonrisa. Ella hace un gesto, una *selfie*. Patrick se ríe, un poco sorprendido, pero luego asiente con convencimiento.

Se inclinan junto a la Quinta Avenida al fondo. Paola levanta su teléfono y hace clic. Baja el teléfono y saca la foto. Ambos miran. Paola sonríe. Patrick le sonríe, luego vuelve a mirar la foto y se detiene.

Vi algo en la foto que no había visto desde hace mucho tiempo. Me veía feliz.

Sonríe, conmovido en silencio. Paola lo mira, sintiendo algo. Él solo asiente, todavía sonriendo. Siguen caminando.

Se abren paso por la abarrotada Quinta Avenida, hombro con hombro, entre los compradores y los turistas navideños. Paola continúa tomando fotos de los escaparates y fachadas decorados de las tiendas, así como de las luces navideñas que cuelgan sobre la Quinta Avenida. En la Catedral de San Patricio, Patrick hace una pausa. Él toma una foto de ella de pie frente a la gran estructura. Ella mira la foto y sonríe, agradeciéndole. Continúan caminando; luego giran a la derecha hacia el Rockefeller Center, donde la multitud aumenta aún más. Los ojos de Paola se abren al ver el enorme árbol de Navidad en el centro de la plaza. Los dos se abren paso entre la multitud abarrotada. Patrick toma otra foto de Paola frente al árbol.

Se detienen por un momento para ver a los patinadores en la pista de abajo: parejas, niños y familias patinando bajo las luces de los enormes edificios que los rodean. Es hermoso, pero un poco abrumador. Patrick se inclina hacia Paola y hace un pequeño gesto de comer con la mano. Paola asiente con la cabeza, agradecida por la sugerencia. Se cuelan entre la multitud que se dirige hacia el oeste.

En la esquina de 9th y 50th, señala Patrick, al otro lado de la calle, una línea de cafés y restaurantes. Paola asiente. Sí, perfecto. Luego señala el letrero de la calle sobre sus cabezas; luego hace un gesto hacia el sur en dirección al hotel de Paola.

"Hotel. Tu hotel."

Paola lo mira, momentáneamente confundida. Entonces, capta la idea.

"¡Ah! Súper. Gracias."

Ella le da una suave sonrisa, agradecida por la claridad y la consideración. Cruzan la calle y caminan unas cuadras hasta la calle 47. Se detienen frente a un tranquilo restaurante irlandés, con una luz cálida. Patrick hace un gesto hacia la puerta. Paola sonríe y asiente. Entran.

El pub es tranquilo. Cálido y tenuemente iluminado. Un suave zumbido de conversación proveniente del bar. Patrick y Paola pasan por delante

37

del bar y eligen una cabina en la esquina. Se quitan las chaquetas y se deslizan hacia los extremos opuestos de la cabina. Una camarera se acerca con una sonrisa amistosa. Pone dos menús sobre la mesa.

"Bienvenido. Te daré unos minutos."

Patrick y Paola asienten y sonríen.

Patrick abre su menú y echa un vistazo a Paola, que le sonríe. Él le devuelve la sonrisa; luego vuelve a mirar el menú, frunciendo ligeramente el ceño cuando se da cuenta de que ella no puede leer nada en él. Entonces se le ocurrió: Google Translate. Saca su teléfono y comienza a escribir los nombres de un par de ítems del menú. Gira el teléfono hacia Paola. Se inclina, lee y sonríe. Ella asiente con entusiasmo. Perfecto. Patrick le sonríe, hace señas a la camarera y ordena para ambos.

Se sientan. Hay una pausa, un dulce silencio, solo sonrisas y contacto visual al otro lado de la mesa. Entonces, Paola agarra su teléfono; sus ojos se iluminan con una energía juguetona. Ella comienza a escribir, mirándolo con curiosidad. Patrick inclina la cabeza, intrigado. Ella termina; luego gira la pantalla hacia él.

Entonces, ¿con qué frecuencia sales a citas? Supongo que conoces a una mujer nueva cada semana.

"No. No, no."

Toma su teléfono, todavía sonriendo, y escribe. Paola lo observa, claramente divertida, a la espera. Él gira la pantalla hacia ella.

Esta es la primera cita en la que he estado desde que me separé de mi esposa hace un año y medio.

Paola lo lee lentamente. Sus ojos se abren como platos. Ella niega con la cabeza y mueve un dedo hacia él, sonriendo.

"No. No. No. No."

"Sí. Sí. Sí. Sí. Es cierto," él responde riendo y asintiendo con la cabeza.

Ambos se ríen. Pero luego se instaura un momento de tranquilidad. Paola se recuesta en su asiento. Su sonrisa se suaviza cuando lo mira a los ojos. Ella ve sinceridad y algo de gentileza en ellos. Le cree. Y tal vez, piensa por un momento, está sentada frente al tipo de hombre que pensó que nunca conocería.

Llegan sus bebidas. El zumbido silencioso del pub continúa a su alrededor: música baja, risas del bar, el tintineo ocasional de los vidrios. Patrick vuelve a coger su teléfono, con una mirada pensativa en su rostro. Paola lo observa con ojos juguetones y curiosos. Termina de escribir y gira la pantalla hacia ella.

¿Es la primera vez que visita Nueva York?

Paola niega con la cabeza y sonríe. Toma su propio teléfono y comienza a escribir. Patrick la observa con interés. Ella le gira el teléfono.

No. Estuve aquí la Navidad pasada durante la pandemia. Encontré un boleto barato, así que decidí venir. Siempre quise conocer Nueva York. Esta vez traje a mi hijo, Alejandro, conmigo.

Patrick levanta las cejas, impresionado. Vuelve a escribir.

Guau. ¿Viniste sola a Nueva York durante el COVID? Eso es valiente. ¿Qué edad tiene tu hijo?

Paola sonríe mientras escribe su respuesta rápidamente.

Tiene veintiún años. Se quedará en Nueva York hasta Año Nuevo, luego viajará a Filadelfia durante una semana para visitar a un amigo.

Patrick asiente con una sonrisa juguetona y comienza a escribir en su teléfono.

"Entonces... ¿Decidiste unirte a una aplicación de citas?"

Paola sonríe, un poco avergonzada, y comienza a escribir. Ella le gira el teléfono.

Mi hijo me creó el perfil. Quiere que conozca a alguien.

Patrick asiente y sonríe. Paola sonríe a cambio. La camarera regresa con su cena y la coloca con suavidad sobre la mesa. Patrick le sonríe a la camarera.

"Gracias."

Paola asiente y sonríe.

"Gracias."

Paola mira a Patrick y levanta su copa. Patrick toma su propio vaso. Sonríen y tintinean. Un brindis sin palabras. Ambos se acomodan y recogen silenciosamente sus utensilios. Momentos después, Patrick levanta el pulgar.

"¿Bien?"

"Sí. Bien. Super."

Comen despacio, cómodamente. La conversación silenciosa entre ellos se intensifica, más densa, más vibrante, más rica. Lo que inicialmente era una simple curiosidad ahora late con la fuerza de un imán irresistible. Terminan su comida. Con los platos despejados, se reclinan en sus asientos, mirándose el uno al otro del otro lado de la mesa. Hay algo en el aire entre ellos ahora. Patrick respira hondo. Luego toma su teléfono y comienza a escribir. Paola lo observa, curiosa. Él gira la pantalla hacia ella.

¿Puedo besarte?

Paola se ríe, no para burlarse, sino conmovida ante la dulzura de la pregunta. Toma su teléfono, escribe con decisión y sonríe. Lo vuele hacia él para que él pueda leer.

Eso no es algo que preguntes.

Patrick se ríe y asiente, comprensivo. Paola lo mira: un profundo calor arde en sus ojos; una sutil invitación se dibuja en sus labios. Nervioso, Patrick se inclina hacia ella. Llega el beso: suave, gentil, auténtico.

Cuando se separan, Paola respira hondo. Mientras exhala, su boca se curva en una sonrisa más dulce. Se ve tan hermosa, feliz y relajada. Patrick toma su mano entre las suyas y se sientan, mirándose el uno al otro. Sus ojos lo dicen todo. Disfrutan de la magia del momento, pero antes de caer en el sentimentalismo, Paola suelta la mano de Patrick, toma su teléfono y comienza a escribir.

Me estoy cansando y me gustaría volver pronto a mi hotel.

Patrick asiente con la cabeza, sintiéndose confiado, hace un gesto a la camarera para que le pida la cuenta y comienza a escribir su respuesta:

Ok. ¿Te gustaría volver a encontrarte? ¿Mañana quizás?

Paola sonríe y asiente. Patrick vuelve a escribir.

¡Genial! Estaré patinando con amigos mañana por la tarde en Central Park. Podría encontrarme contigo fuera de su hotel a las 12:30 pm.

Los ojos de Paola se iluminan con un destello de sorpresa. Una sonrisa, primero tímida y luego completa, se dibuja en su rostro mientras sus dedos bailan sobre el teclado para escribir su respuesta.

¿Patinas? Genial. Sí. Mañana a las 12:30 pm me viene bien.

Patrick le da a Paola un pulgar hacia arriba y vuelve a escribir.

¡Genial! Patinamos al ritmo de la música. Es muy divertido.

Paola sonríe; sus dedos regresan al teclado, ansiosa por responder.

Guau. Solía patinar con música cuando era adolescente. Me encantó. ¿Sabes dónde puedo comprar un par de patines? Me encantaría patinar contigo y con tus amigos en Central Park.

Patrick sonríe mientras escribe su respuesta.

Llamaré a Wayne y le preguntaré si tiene un par de patines de tu talla.

Paola mira con curiosidad a Patrick mientras escribe su respuesta:

Súper. Soy talla siete aquí. ¿Quién es Wayne?

Patrick sonríe mientras escribe su respuesta.

Es un personaje de Nueva York. Lo conocerás mañana.

Paola lee la traducción, asiente con la cabeza y sonríe.

La camarera llega con la cuenta. Patrick saca su tarjeta y se la entrega. Ella regresa momentos después con el recibo. Él firma.

Ambos se ponen de pie, se ponen los abrigos y pasan por delante del bar hacia la salida. En la calle, la noche se ha vuelto más fría. Cuando comienzan a caminar hacia el sur, Paola le sonríe a Patrick y luego le bloquea el brazo con el suyo, inclinándose para calentarse. Él le devuelve la sonrisa, acercándola con delicadeza mientras caminan hacia el sur hacia su hotel, a cinco cuadras de distancia.

La ciudad se mueve a su alrededor mientras caminan del brazo. Paola, sintiéndose alegre y feliz, de repente comienza a saltar y a tararear la melodía de "New York, New York". Patrick la mira, encantado, acelerando el paso para seguir el ritmo. Luego, él se une, igualando sus pasos, tarareando. Saltan y tararean juntos por la calle, mirándose y riéndose el uno al otro. En la 42.ª y la 9.ª Avenida, se detienen en el semáforo en rojo y recuperan el aliento. Se ríen y se ríen mientras cruzan la multitud y llegan al hotel de Paola.

Ella se gira para mirarlo. Su sonrisa es plena y dulce. Patrick le devuelve la sonrisa. Luego se inclina con tranquila confianza. Sus labios se encuentran en otro beso suave y cálido; este, más lento, más largo. Cuando se separan, se miran a los ojos durante un momento: su conexión, silenciosa y real.

Paola retrocede, con una sonrisa tenue, y se vuelve hacia las puertas del hotel. Ella desaparece detrás de los vidrios polarizados. Patrick se queda de pie por un momento. Luego se gira, radiante. Una estación de Citi-Bike le llama la atención al otro lado de la calle. Cruza la calle, saca su teléfono y abre una bicicleta. Comienza a andar en bicicleta hacia la 8.ª Avenida, sonriendo ampliamente. Pronto, su silueta se hace más pequeña y desaparece entre las luces y el tráfico de la ciudad de Nueva York.

Capítulo 4

Es una hermosa y templada tarde de diciembre en Central Park. Patrick y Paola caminan por el estrecho camino hacia Skater's Road. Oficialmente llamado "Dead Road", los patinadores lo devolvieron a la vida y lo rebautizaron como "Skater's Road". Le cambiaron el nombre poco después de comenzar a patinar allí, a principios de la década de 1980, cuando bailar música disco en patines se volvió extremadamente popular. Cientos de neoyorquinos se sentaban en una ladera a lo largo de Skater's Road viendo a los patinadores hacer lo suyo. A mediados de la década de 1990, el alcalde de Nueva York en ese momento, Rudy Giuliani, trató de cerrar todo. Los patinadores se defendieron y obtuvieron el derecho a realizar eventos oficiales de patinaje los fines de semana durante los meses cálidos. Sin embargo, siempre se mantuvo un pequeño grupo de patinadores acérrimos que continuaron patinando durante todo el año.

Patrick y Paola pasaron por La Pain Quotidian y bajaron la colina hasta Skater's Road. Patrick puede ver que la mayoría de sus amigos patinadores ya están allí. Aristides, de unos cincuenta años, cubanoamericano, es acupunturista de día. Ha bailado y patinado sobre cuchillas durante casi 30 años y siempre busca movimientos nuevos y desafiantes. Chris, de unos cuarenta años, afroamericano, es actor, escritor y director. Comenzó a patinar sobre ruedas durante la pandemia. Le gusta patinar hacia atrás y hacer giros. Zorzet, griega americana, también empezó a patinar durante la COVID, lo que ayudó a aliviar el dolor de la pérdida de su madre. Un profesor y un hablante de seis idiomas. Alta energía, gran bailarín, a quien le gusta hacerlo todo: hacia atrás, hacia adelante, en el lugar, moviendo todo el cuerpo. Evan, de finales de los cincuenta, italoamericano, artista de profesión, ha patinado sobre cuchillas durante casi veinte años. Una vez que fue un esquiador serio, le gusta patinar alrededor del círculo de patinaje como si estuviera en esquís. Michelle, de unos treinta años, filipino-canadiense, trabaja para la ONU. A otra, recién llegada al patinaje durante el COVID, le gusta bailar mientras patina.

Este pequeño grupo comenzó a patinar juntos el verano anterior, cuando la ciudad volvió a la normalidad y a la vida. Patinar fue una excelente manera de salir del apartamento, disfrutar de un ejercicio divertido y recuperarse de la soledad que experimentaron muchas personas durante la pandemia. Cuando el frío se volvió insoportable para la mayoría de los patinadores, se quedaron. El último grupo de patinadores acérrimos está decidido a mantener viva la llama durante los largos meses de invierno.

Cuando Patrick y Paola llegan a Skater's Road, los patinadores los notan y se detienen, sus rostros se iluminan al reconocerlos. Patrick sonriendo, saludando a todos.

"Hola a todos."

Los patinadores le devuelven el saludo, cada uno con asentimientos y sonrisas amistosas. Se vuelve hacia Paola y hace un gesto al grupo.

"Paola, mis amigos. Todos, esta es Paola."

Paola asiente con la cabeza, sonriendo cálidamente.

"Hola, ¿cómo estás?"

Los patinadores responden de la misma manera; Aristides y Zorzet la saludan en español. Son muy acogedores y Paola se siente muy pronto parte del grupo.

"Bienvenida, Paola. Mi nombre es Aristides. Es un placer conocerte."

"Sí, mucho gusto. Soy Zorzet."

La sonrisa de Paola se ensancha mientras intercambia palabras en español con Aristides y Zorzet. Después del cálido intercambio, Patrick y Paola caminan hacia un banco cercano. Paola se queda de pie por un momento, absorbiendo el entorno. Ella sonríe, claramente impresionada por el compromiso del patinador con el patinaje. Patrick se quita la mochila, se sienta y empieza a sacar sus patines.

Paola lo observa en silencio, admirándolo durante un momento. Cuando comienza a ponerse los patines, el sonido familiar de la música llena el aire. El sonido es inconfundible, uno que todos conocen.

A lo lejos, vemos a Wayne, un individuo afroamericano, enérgico y con un profundo cariño por su comunidad, cruzando The Mall de camino a Skaters' Road. Su presencia es inconfundible para quienes lo conocen. Con su mono de trabajo característico y una gorra de béisbol con Wayne's World cosido, avanza con un enorme altavoz JBL, firmemente sujeto a una patineta. A cada lado del altavoz cuelgan sus patines rojos y verdes, atados con cordones. Además, una caja grande está sujeta de forma segura a la parte posterior de la patineta, colocada firmemente sobre el altavoz.

Cuando Wayne dobla la esquina hacia Skater's Road, la música llena el espacio. Los patinadores inmediatamente comienzan a patinar para saludarlo. Asiente a todos, saludando a los patinadores con su habitual calidez.

"Hola. ¿Cómo están todos?"

Continúa girando la patineta y se dirige directamente al banco donde están sentados Patrick y Paola. Se ponen de pie para saludarlo; ambos le dan una cálida sonrisa. Patrick da un paso adelante y le presenta a Paola.

"Wayne. Esta es Paola, de la que te hablé. Wayne, Paola."

"Oh," él respondió con calidez. "Hola. Encantado de conocerte."

Wayne hace un gesto hacia la gran caja atada a su altavoz y luego señala los pies de Paola, sonriendo con una pequeña risita. Paola lo mira, confundida al principio, pero luego hace clic.

"Patines. Para ti."

El rostro de Paola se ilumina; sus ojos se abren, rebosantes de emoción. Una sonrisa radiante se dibuja en sus labios mientras lo envuelve en un cálido abrazo, lleno de entusiasmo y de ternura contenida.

"¡Gracias! ¡Muchas gracias!"

"De nada."

Wayne desata la caja de su altavoz y la coloca sobre el banco. Lo abre para revelar un par de patines blancos con ruedas color rosa. Levanta uno de ellos y se lo muestra a Paola.

"¡Me encanta! ¡Muchas gracias!"

Wayne se ríe suavemente y asiente, feliz de ver su emoción. Paola lo abraza de nuevo. Ella se retira, luego mira a Patrick y le hace un gesto, un poco insegura.

"¿Cómo cuánto te debo por los patines?"

Patrick se da cuenta rápidamente de lo que le está preguntando. Cuando se vuelve hacia Wayne, ya sabe la respuesta a su pregunta.

"Paola se pregunta cuánto te debe por los patines."

La expresión de Wayne cambia a una de incredulidad.

"No. Parar. No seas estúpido. Te lo dije. Son un regalo mío."

Paola se acerca a Wayne y sacude la cabeza con énfasis.

"No. No. No. No. Te voy a pagar."

Wayne, todavía con una leve sonrisa, toma sus dos manos entre las suyas y la mira profundamente a los ojos. Su sonrisa es cálida, inflexible y gentil.

"Sí. Sí. Sí. Sí."

Paola le sonríe a Wayne, sacudiendo la cabeza, antes de darle otro abrazo sincero. Con este regalo amable y especial, se ha creado un vínculo entre ellos.

47

La música llena el aire, entretejiéndose con las risas y la alegre charla de los patinadores. La energía es contagiosa. Paola, llena de emoción por el regalo de los patines, se pone de pie y comienza a balancearse al ritmo de la música; su cuerpo se mueve con naturalidad.

Wayne, al notarla, sonríe para sí mismo mientras coloca el altavoz JBL en el banco. Se sienta a su lado y deja sus patines en el suelo. Patrick, después de terminar de ponerse los patines, se levanta para unirse a los demás patinadores. Mientras se desliza por el perímetro del área de patinaje, observa a Paola durante un instante.

Cuando observé su baile por primera vez, me llamó la atención algo místico en sus movimientos. Bailó con tanta libertad, con movimientos únicos, elegantes, tranquilos y seguros. Mi atracción crecía con cada momento que la observaba. Su baile decía tanto sobre su personalidad que ni siquiera las palabras podían expresarlo con facilidad. En ese momento, quedé prendido de verdad. Por fin, tal vez había encontrado a alguien con quien bailar.

Paola mira a Patrick mientras patina. Ella lo observa por un momento; le gusta lo que ve. Tan gratis. Feliz. Atractivo. Ella siente un repentino deseo de unirse a él y a los demás patinadores. Rápidamente se acerca al banco y se sienta junto a Wayne.

Saca sus patines nuevos y los coloca con cuidado en el suelo frente a ella. Se quitan las botas y se deslizan los pies sobre los patines. Con cada movimiento, es como un niño que no puede esperar a jugar con su nuevo juguete.

Wayne mirándola, divertido.

"Tómate tu tiempo hasta que te acostumbres a la superficie."

Paola asiente con la cabeza mientras se ata los cordones, con una gran sonrisa en el rostro. Cuando termina, mira a Wayne, quien le da un asentimiento alentador. Con la ayuda de Wayne, se levanta lentamente. Ella se tambalea un poco al principio, un poco nerviosa, pero las manos de Wayne están firmes, guiándola.

"Eres bueno. Solo respira. Deja que los patines hagan el trabajo."

El nerviosismo de Paola se desvanece lentamente. Suelta la mano de Wayne y da sus primeros pasos cautelosos sobre los patines. Con cada tirada, gana más confianza. Al principio, sus pasos son tentativos, pero ya está sintiendo el ritmo bajo sus pies. Unos pasos más y comienza a deslizarse con mayor suavidad.

Los demás patinadores la animan con palabras de aliento y aplausos mientras da vueltas. Patrick observa, impresionado, mientras ella comienza a fluir con naturalidad. Ahora está claro que tiene buen equilibrio y ritmo: se siente completamente en casa con los patines.

Una vez más, me capturaron sus movimientos y su alegría infantil mientras patinaba. Una vez más, me enamoré.

Mientras Patrick observa a Paola, ve a Sal subiendo por Skater's Road desde el norte. Sal, un latinoamericano de unos cincuenta años, trabaja como guardia de seguridad en The Cloisters durante el día; cuida a su madre de 101 años por las noches y se encarga de todas sus necesidades. Un gran bailarín: su forma de patinar es tan suave; los patinadores lo apodaron «Smooth Sal». Le gusta patinar alrededor del perímetro del área de patinaje, haciendo la transición entre adelante y atrás de manera tan suave y sin problemas, bailando y patinando con todo su cuerpo, corazón y alma. Para Sal, patinar es una forma de meditación, de eliminar el estrés y de reponer su alma cansada con alegría.

Patrick patina colina abajo para encontrarse con él, deteniéndose junto a Sal con un sencillo choque de puños.

"Hola, Sal. ¡Me alegro de verte!"

"Me alegro de verte también. ¿Cómo va todo?"

"¡Genial! Conocí a alguien anoche. Su nombre es Paola. Es de Chile."

Sal miró hacia el círculo de patinaje, donde Paola se movía con cuidado, pero con seguridad, sobre el pavimento, al compás de la música.

49

"Es una buena patinadora."

Patrick saluda a Paola para llamar su atención. Paola baja patinando la colina hacia ellos dos, sonriendo.

"Paola, este es Sal. Habla español."

"Hola," dijo con calidez. "Mi nombre es Sal. ¿Cómo estás?"

"Súper. ¿Cómo estás? Encantado de conocerte."

"También es un placer conocerte."

"¿Parece que has patinado antes?"

"Sí. Solía patinar cuando era adolescente."

Patrick regresa para unirse a los demás patinadores, mientras Paola y Sal se conocen. Los dos continúan charlando un poco más; su conexión crece con cada palabra. Luego, Sal comienza a caminar hacia donde está sentado Wayne, mientras Paola respira hondo y vuelve a patinar.

Mientras Sal se abre paso, los otros patinadores comienzan a acercarse a él uno por uno; sus rostros se iluminan mientras lo saludan con golpes de puño, cálidos abrazos y risas. La camaradería es palpable; cada saludo es una celebración tácita de la pasión compartida por el patinaje y por su pequeña comunidad.

Sal alcanza a Wayne, sentado en el banco, moviendo la cabeza al ritmo de la música mientras inhala una calada de su pipa. Los dos amigos intercambian una sonrisa de complicidad; su conexión es tan antigua como la propia Skater's Road.

"¿Qué pasa, Sal? ¿Cómo estás?"

"Me alegro de verte, Wayne. ¿Cómo estás?"

Sal comienza a ponerse los patines lentamente; el ritual de preparación se siente como un preludio calmante al movimiento. Ambos charlan mientras observan la escena a su alrededor. Sal termina de ponerse los patines y se pone de pie, estirándose por un momento antes de unirse a los demás; su cuerpo fluye sin esfuerzo al ritmo de la música. Los demás se han asentado en el patinaje, cada uno expresándose a su propio estilo. No hay necesidad de conversar. La energía silenciosa que fluye entre ellos es la única comunicación que necesitan.

Para los transeúntes, turistas y lugareños, lo que ven es algo raro: un momento de expresión humana tan único que los detiene en seco. Hacen una pausa y observan a los patinadores moverse por el área, atrapados en la magia del momento. La energía en el aire es palpable; la conexión entre los patinadores es hermosa y fascinante. Es más que solo patinar. Es una forma de comunión que trasciende los movimientos y la música, llegando más profundamente al corazón de los involucrados, patinadores y espectadores por igual.

Para los patinadores, este es su hogar, su lugar de libertad. Para los espectadores, es un vistazo a algo puro: una celebración compartida de la vida a través de la música, la danza, el patinaje y la comunidad. Wayne se sienta en el banco, con sus patines apoyados en el suelo a su lado. Su mirada recorre la escena frente a él: los patinadores rodando sin esfuerzo, los árboles desnudos de Central Park y el horizonte de la ciudad como un telón de fondo tranquilo.

Wayne da otra calada a su pipa, inhalando profundamente, sus ojos se cierran por un momento mientras continúa contemplando la escena a su alrededor. Este es el mundo que Wayne ha conocido durante décadas.

Wayne comenzó a patinar en Skater's Road a finales de la década de 1970. Afirma ser el primero en patinar allí, pero la verdad no importa. Lo que es innegable es que Wayne fue el hombre que constantemente trajo la música, creó la atmósfera e hizo que este pequeño tramo de carretera en Central Park se sintiera como un santuario. Otros patinadores han ido y venido, pero Wayne nunca se ha ido. Este lugar es su sala de estar, su corazón, su hogar. Es más que solo Skater's Road: este es Wayne's World. Wayne da otra calada a su pipa y luego, como si

51

la alegría del momento lo superara, exhala con un grito fuerte y despreocupado.

"Aaaaaaaaaah JA JA JA JA ... ¡ME ENCANTA!"

El sonido de su risa resuena en el parque, un estallido de pura felicidad que se extiende a todos los que lo rodean. Los demás patinadores miran a Wayne, sonriendo. Mientras se sienta y observa a los patinadores, su corazón se hincha de orgullo y satisfacción. Aquí es donde pertenece. Aquí es donde siempre ha pertenecido.

Capítulo 5

Patrick y Paola caminan uno al lado del otro por East 42nd Street. Es una tarde de Nochebuena tranquila pero animada, con el zumbido de la temporada navideña flotando en el aire. Hoy, su reunión será breve. Paola compartirá la noche y el día de Navidad con su hijo.

Al entrar en Grand Central Station, los ojos de Paola brillan, encendidos por una chispa interior que irradia de su rostro. Los ojos de Paola se iluminan. Nunca antes había estado adentro, y la grandeza del edificio es abrumadora. Se detiene en seco, mirando hacia el techo imponente e intrincadamente detallado. El mural celestial que representa las constelaciones del zodíaco parece brillar, invitándola a otro mundo.

"¡Qué hermosa!," ella dice suavemente, con asombro.

Paola saca su teléfono y toma algunas fotos del techo, de la magnitud de la estación y del ajetreo de los viajeros a su alrededor. Patrick la observa, sonriendo mientras percibe su aprecio por el lugar. Hay algo tan alegre en la forma en que asimila todo; quizás sea esa forma alegre y entusiasta con la que ella observa su entorno, lo que le fascina. Cuando baja su teléfono, satisfecha con las fotos que ha tomado, Patrick le hace un gesto.

"¿Un café?"

Paola asiente, se toman de la mano y caminan hacia la salida. Salen de la estación y cruzan la calle hasta un pintoresco café escondido bajo un puente de conexión. Entran en el café, encuentran una mesa junto a la ventana y se instalan para ver el mundo exterior. El pequeño espacio es acogedor, con una decoración anticuada y una calidad atemporal. Una camarera se acerca y piden café.

A medida que el silencio se instala entre ellos, comienzan a dejarse envolver por la escena que se abre ante sus ojos. La mirada de Paola se pierde en el vaivén de los transeúntes, un río interminable de rostros que fluyen y se desvanecen en la corriente de la calle.

Patrick mira por la ventana; una pequeña sonrisa nostálgica cruza su rostro. Piensa por un momento, recordando sus propias primeras experiencias con la energía de la ciudad, cómo se sintió cuando se mudó por primera vez a Nueva York, hace más de 20 años. La energía es tan poderosa, tan hermosa y tan única.

Salen del café, caminan hacia el oeste por la calle 42, en dirección al hotel de Paola. Las luces de la ciudad comienzan a brillar a medida que cae la noche. Los últimos compradores navideños están comenzando a regresar a casa. Pronto, llegan a su hotel.

Paola se detiene frente a la entrada y Patrick se vuelve hacia ella con una cálida sonrisa, a punto de inclinarse para darle un beso de despedida. Justo cuando se acerca, Paola hace una pausa y busca su teléfono en el bolsillo de su abrigo. Ella lo sostiene e indica que espere un momento mientras comienza a escribir un mensaje. Termina de escribir; luego le gira el teléfono a Patrick. Sus ojos buscan en su rostro su reacción. Lee el mensaje:

¿Te gustaría venir conmigo y conocer a mi hijo, Alejandro?

Patrick mira el teléfono durante un largo rato. Un peso se asienta sobre su pecho y exhala profundamente; la realidad de la situación es clara para él. Saca su propio teléfono y comienza a escribir. Le sostiene el teléfono a Paola mientras lee cuidadosamente su respuesta.

Lo siento, pero no me siento cómodo al conocer a su hijo. Para él, solo soy un chico que conociste en una aplicación de citas.

La cara de Paola cae ligeramente. Un rastro de decepción parpadea en sus ojos, pero se recompone rápidamente y asiente. Ella sabe que la vacilación de Patrick tiene sus raíces en la naturaleza fugaz de su conexión. Vive a cinco mil millas de distancia. A pesar de lo maravillosa que es su conexión, ¿cómo puede ser algo más fugaz? ¿Por qué tratar de hacerlo más de lo que es?

Ella asiente de nuevo; una pequeña, pero genuina, sonrisa cruza sus labios, silenciosamente comprensivo.

"Está bien. Happy Christmas, Patrick."

A Patrick le duele un poco el corazón, pero él le devuelve la sonrisa. Hay un sentido de comprensión mutua entre ellos, un reconocimiento de que esto nunca tuvo la intención de ser nada más que lo que era: una conexión hermosa y fugaz. Él responde con un tono tranquilo y sincero.

"Feliz Navidad, Paola."

Sin decir otra palabra, se inclinan para darle un beso de buenas noches. En el abrazo, ambos saben la verdad: este momento, esta conexión, es un regalo. Uno que ninguno de los dos olvidará jamás. Están compartiendo algo especial, y el recuerdo de este tiempo en Nueva York permanecerá con ellos para siempre. Se apartan ligeramente y se miran a los ojos. Hay un acuerdo silencioso entre ellos, un entendimiento mutuo para centrarse en el presente y aprovechar al máximo el tiempo que les queda.

Entre Navidad y Año Nuevo, se reunían todas las tardes frente al hotel de Paola. Se saludaban con una sonrisa, un beso y un cálido abrazo. A Paola le encantaba hablar mientras caminaban, aunque Patrick no entendía una palabra de lo que decía.

A menudo ella hablaba de Bradley Cooper y yo no sabía por qué. Una tarde, mientras entramos en una estación de metro, veo una valla publicitaria con una foto de Bradley Cooper mientras Paola habla de él. Un extraño tipo de surrealismo me inunda. Podría detenerla fácilmente, sacar mi teléfono y pedirle una explicación. Pero en cambio, no lo hice. Una parte de mí disfrutó del misterio de todo, pero a veces, lo admito, me cansé de escuchar su nombre.

Una tarde, deciden tomar el ferry a Staten Island. Al entrar en el ferry, Paola sube directamente las escaleras hasta la plataforma de observación mientras Patrick hace lo mismo. Cuando el ferry cruza por la Estatua de la Libertad, Paola lo mira con asombro antes de sacar su teléfono para tomar fotos.

Pude percibir que para Paola significaba mucho ver de cerca este gran símbolo de libertad. Intuí que era una mujer que amaba sentirse libre y que empatizaba con quienes anhelaban la libertad. Comprendía las dificultades que la mayoría de la gente enfrenta simplemente para sobrevivir. Me gustó que fuera el tipo de persona que realmente se preocupaba.

Durante el viaje en ferry de regreso a Manhattan, el horizonte del Bajo Manhattan aparece a la vista. La vista de las torres de la ciudad que se elevan contra el cielo despejado deja a Paola sin aliento. Se para en la barandilla, completamente cautivada por la vista. Esta visión dio esperanza a tantos inmigrantes que cruzaron el océano Atlántico en tiempos pasados para construir una nueva vida en la tierra de los libres y el hogar de los valientes. ¡Qué valientes fueron al emprender un viaje tan arduo e incierto en busca de la libertad y de una vida mejor! ¡Qué maravilloso debe haberse sentido al ver, al final de su viaje, el gran símbolo de la libertad y el horizonte de Manhattan a la vista!

La pareja camina lentamente, de la mano, por las encantadoras calles arboladas de Greenwich Village. El ritmo es lento aquí: hileras de casas de piedra rojiza con un encanto pintoresco, mientras que acogedores cafés y tiendas bohemias salpican las calles como notas de color en una melodía tranquila. Paola está encantada con la zona, disfrutando de las vistas y los sonidos con un deleite tranquilo. Paola habla animadamente; su voz se llenó de entusiasmo. Ella gesticula con las manos mientras habla; sus palabras fluyen en español. Patrick sonríe, disfrutando del sonido de su voz. Una vez más, el nombre de Bradley Cooper se le escapa de los labios, un misterio que se contenta con dejar sin explorar.

Sonreí mientras escuchaba su voz y la observaba asimilando todo. Al igual que en su baile y en su patinaje, había una cualidad mística en sus movimientos. Se movía por las calles con tanta calma, elegancia y facilidad. Tenía su propio estilo único y una genialidad que me resultó extremadamente atractiva.

Cuando salen del metro al final de la tarde en la víspera de Año Nuevo, la energía de Times Square los golpea. Las calles ya están llenas de gente, un mar de anticipación y emoción para las celebraciones de Nochevieja. Mientras caminan hacia el hotel de Paola, escuchan la inconfundible voz de Frank Sinatra flotando en el aire. Miran a su alrededor para encontrar la fuente y ven a un hombre a poca distancia de ellos con una mochila grande.

La música sale de su mochila. Los ojos de Paola se iluminan y, sin dudarlo, toma la mano de Patrick. Ella comienza a moverse al ritmo de la canción; su cuerpo se balancea. Patrick hace lo mismo: incómodo y cohibido al principio; luego deja que sus pasos se muevan con mayor ligereza y despreocupación.

Se ríen mientras bailan, atrapados en la energía contagiosa del momento. Los transeúntes miran, algunos con sonrisas, otros sorprendidos por la improvisada muestra de alegría. Llegan a la esquina de la 9ª Avenida; la música sigue sonando y, cuando el hombre gira por otra calle, su baile llega a su fin. Esperan en la esquina a que cambien los semáforos, ambos sin aliento. Chocan los cinco, riendo como niños. Patrick le aprieta la mano. Su espontaneidad lo hace sentir feliz y vivo. Finalmente, cruzan la calle y caminan hacia la entrada del hotel, ambos riendo y sonriendo.

"Guau Paola. Muy bien. ¡Eso fue increíble!"

Paola sonríe, sus ojos brillan con picardía y alegría. Tiene un espíritu despreocupado que coincide con la energía de la ciudad y resulta imposible no quedar atrapado en él.

"¡Feliz Año Nuevo, Patrick!"

"Feliz Año Nuevo para ti también, Paola," él responde mientras la atrae hacia sí para besarla.

Capítulo 6

Los patinadores están muy animados; sus risas se mezclan con la música, creando el ambiente de esta última tarde juntos. Patrick y Paola llegan e inmediatamente son recibidos por el grupo de patinadores. Cada patinador intercambia cálidos deseos de un feliz Año Nuevo.

La camaradería es palpable cuando Patrick y Paola se ponen los patines. Existe un entendimiento compartido de que su tiempo juntos durará solo un poco más. Se unen, patinan con el grupo, sienten el viento frío en sus rostros, pero encuentran calidez en la experiencia compartida.

A medida que pasa el tiempo, la luz comienza a desvanecerse y el día se convierte en noche. El ritmo se ralentiza a medida que los patinadores piensan en regresar a casa. Patrick mira a Paola, notando su vacilación mientras observa alrededor del grupo. Hay un reconocimiento silencioso de que el momento casi ha terminado y, junto con él, su tiempo en Nueva York. Se le ocurre una idea y patina hacia Zorzet.

"Quiero preguntar... ¿Podemos tomarnos una foto juntos."

"Sí, por supuesto," ella responde con una sonrisa.

Zorzet se da cuenta de que un transeúnte pasea cerca y patina hacia él, pidiéndole que tome la foto. El hombre asiente y sigue a Zorzet de regreso al grupo. Paola se acerca a él con su teléfono en la mano y le ofrece una sonrisa de agradecimiento mientras se lo entrega.

"Muchas gracias."

El transeúnte asiente y se prepara para disparar. Los patinadores, en su alegre círculo, se reúnen para la foto. Sonríen, se abrazan el uno al otro, su felicidad capturada. La cámara parpadea y una ovación estalla en el grupo cuando se separan. Los patinadores comienzan a dirigirse hacia los bancos, se quitan los patines y hacen las maletas. Recogen sus cosas e intercambian despedidas.

Zorzet envuelve a Paola en un cálido abrazo.

"¡Fue un placer conocerte, Paola!"

"El placer fue mío. Estoy tan feliz de haberlos conocido a todos."

Arístides hace lo mismo.

"Buen viaje, amiga mía. Nos veremos de nuevo algún día."

"Eso espero. Gracias," mientras contiene las lágrimas.

Patrick y Paola están juntos, a unos pasos de Wayne, quien está ocupado asegurando su altavoz JBL a su patineta. Ata cuidadosamente sus patines a los lados del altavoz y prepararse para irse. Paola, sintiendo una profunda conexión con Wayne, se acerca a él. Ella le da un gran abrazo, envolviéndolo con fuerza. Él responde con un cálido apretón y una sonrisa.

"Gracias, Wayne. Por todo. Hiciste que esto fuera muy especial para mí."

"De nada, Paola. Te cuidas, ¿de acuerdo? Que tengas un vuelo seguro. Espero volver a verte pronto."

Se da la vuelta para irse, caminando por el camino que conduce de regreso a The Mall, con su altavoz aún sonando. Paola lo observa por un momento mientras avanza por el camino. El sonido de la música de Wayne se aleja en la noche hasta que ya no se escucha.

Se ponen las mochilas y comienzan a subir la colina pasando por Le Pien Quotidien. Paola disfruta de la amplia vista de las luces de la ciudad más allá del gran césped abierto conocido como Sheep's Meadow, mientras salen del parque hacia el apartamento de Patrick.

Al llegar a su edificio de apartamentos, Patrick señala el último piso con una sonrisa en el rostro.

"Último piso."

59

Paola levanta la vista, negando con la cabeza incrédula.

"Nooooo."

Patrick se ríe mientras asiente con la cabeza.

"Sí. Síií."

Patrick y Paola entran en el edificio de apartamentos. Se dirige hacia las escaleras, caminando con un propósito. Paola lo sigue. Se apresura a alcanzarlo, riendo mientras sube los cinco pisos. Cuando finalmente llegan a la cima, Patrick abre la puerta del apartamento y mira a Paola. Está tratando de recuperar el aliento, su sonrisa se amplía y sus mejillas se enrojecen por la subida. Patrick abre la puerta y hace un gesto a Paola para que entre cuando llega a la parte superior de las escaleras.

"Here we are."

"Muy bonito... Me gusta."

Paola rápidamente se quita la mochila y el abrigo y se los entrega a Patrick. Se apresura a sentarse en la silla junto al escritorio de Patrick y se deja caer con un suspiro de alivio.

"Water? ¿Agua?"

"Sí. Sí. Gracias."

Patrick se dirige a la cocina para servirle un vaso de agua. Cuando Paola se quita los zapatos, sus ojos se posan en Blue, que descansa perezosamente en el colchón. Inmediatamente se dirige hacia él, hablando en un tono dulce y cariñoso.

"Hola, Blue. Hola, Blue. ¿Cómo estás? Eres muy bonito. Muy hermoso."

Blue levanta ligeramente la cabeza y ronronea fuerte mientras acaricia su mano. Patrick los observa, claramente divertido por su genuino afecto hacia su gato. Èl le entrega el vaso de agua, luego se sienta junto

60

a la chimenea y abre su tableta. Selecciona una lista de reproducción de música clásica y luego presiona Reproducir.

"Music. Ok?"

Paola lo mira, coloca el vaso de agua junto al colchón y luego se levanta. Hace un gesto con las manos hacia la vista de la ciudad a través de las ventanas; su emoción es palpable.

"Esto es un apartamento de Nueva York. Manhattan. Frank Sinatra. Por favor. Nueva York, Nueva York."

Patrick se ríe y asiente, buscando rápidamente la canción. A medida que la música de **"New York, New York" de Frank Sinatra** llena la habitación, el cuerpo de Paola se mueve instintivamente al ritmo; sus brazos suben y bajan al ritmo. Patrick observa por un momento, cautivado por la forma en que baila. Sus movimientos fluyen sin esfuerzo. Se pone de pie para unirse a ella. Se pierden en la música. Sus ojos se cierran mientras ambos bailan libremente, sintiendo el ritmo en lo más profundo de su interior. Hay una conexión tácita, una sincronicidad perfecta en sus movimientos. Sus risas y sonrisas llenan el espacio y el mundo exterior parece desvanecerse.

Cuando termina **"New York, New York",** aplauden al unísono; la alegría y la emoción llenar el aire. La anticipación es eléctrica cuando comienza **"Fly Me to the Moon"** y vitorean juntos, como si el universo hubiera orquestado la banda sonora perfecta para su momento compartido. Sin dudarlo, vuelven a sumergirse en su baile, perdiéndose nuevamente en la música y en el otro. Cuando comienza **"I Get a Kick Out of You",** sus pasos se vuelven más ligeros, casi juguetones. Se ríen, se mueven por la habitación; a veces se acercan y comparten una sonrisa tranquila antes de darse la vuelta y regresar a sus espacios separados. La energía entre ellos es magnética.

Luego, **"Strangers in the Night"** comienza a sonar y el momento cambia. Esta es su canción. Patrick toma su mano, la levanta por encima de su cabeza y la hace girar. El baile se vuelve más lento, más íntimo y se mueven como uno solo.

Con cada paso, sienten la calidez de la presencia del otro; su conexión se profundiza. Patrick la atrae con la mano apoyada en su cintura y bailan lentamente, saboreando el momento. Mientras la voz de Sinatra los envuelve, Patrick se inclina y besa la curva del cuello de Paola; luego, gira la cabeza para besar sus labios. Es un toque tierno, pero transmite una onda de calidez a través de ambos. Su beso se profundiza y el calor entre ellos crece, hasta volverse más intenso con cada respiración.

El mundo exterior ha desaparecido por completo. Son solo ellos dos: la música y la creciente química entre ellos. A medida que la música continúa, caen sobre el colchón, envueltos en un fuerte abrazo. El ritmo de su pasión coincide con el tempo de la canción; ambos son ansiosos pero tiernos en su conexión. En medio del caos, Blue, que había estado descansando cómodamente en el colchón, de repente salta sorprendido. Refunfuña con un maullido de descontento, claramente no impresionado por el repentino giro de los acontecimientos. Camina hacia la cocina, moviendo la cola con molestia, mientras Patrick y Paola continúan, perdiéndose en su abrazo.

Capítulo 7

Patrick sostiene la mano de Paola con la suya, sus dedos entrelazados. La maleta de Paola descansa junto a ellos. Observan a los demás pasajeros del metro: algunos perdidos en sus propios pensamientos, otros mirando sus teléfonos, otros hablando en voz baja, pero Patrick y Paola permanecen en su propio mundo. Su conexión, tácita e innegable, llena el espacio entre ellos, más fuerte de lo que podría ser cualquier conversación.

Paola mira a Patrick y le aprieta la mano con ternura. Patrick siente el peso del momento, la comprensión agridulce de que su tiempo juntos está llegando a su fin. Sin embargo, no hay tristeza en el silencio, solo un profundo sentido de gratitud por el tiempo que compartieron.

La terminal está llena de gente y una avalancha incesante de viajeros invade cada rincón. En la abarrotada terminal, Patrick y Paola avanzan rápidamente, deslizándose entre cuerpos y maletas como si siguieran un rumbo invisible. En silencio, se dirigen hacia la entrada de seguridad, ambos sabiendo lo que viene después. Llegan a la entrada y se detienen por un momento. Hay una quietud entre ellos, una sensación de finalidad. Sus ojos se encuentran, escudriñando el rostro durante un momento, antes de inclinarse para un último beso.

Se alejan lentamente antes de que Paola avance hacia el control de seguridad. Patrick la observa alejarse por un momento antes de darse la vuelta para irse. Pero luego, tras unos pocos pasos, se detiene. Él mira hacia atrás, sus ojos buscando un último vistazo de ella. En la multitud, en el laberinto de viajeros y rostros, espera verla una vez más. Pero ella se ha ido. La mirada en sus ojos cambia; una aceptación suave pero resignada se extiende por su rostro.

"Así es la vida", piensa para sí mismo; las palabras son tanto una liberación como un reconocimiento de la naturaleza fugaz de todo. Se da la vuelta y sigue caminando, desapareciendo pronto por la escalera mecánica para tomar el tren de regreso a Manhattan.

Abre la puerta de su apartamento, se quita el abrigo y los zapatos y los coloca en el armario. Se sienta y coloca los pies en la otomana. Blue se acerca a él, salta sobre su regazo y se acomoda, ronroneando, satisfecho.

Patrick se recuesta contra la pared, con una sonrisa ligera, mientras su mente divaga por los momentos que compartieron: su primer encuentro en Times Square, el patinaje, los paseos por la ciudad, las risas y el bailar juntos en el apartamento. La energía y la intimidad que compartían. Su teléfono emite un pitido. Alcanza para sacarlo de su bolsillo. Un mensaje de texto de Paola. Abre el mensaje para encontrar una *selfie* adjunta. Paola está sentada en el avión, con la máscara bajada y una sonrisa en el rostro.

¡Gracias por todo!

Patrick sonríe y comienza a escribir su respuesta.

Gracias. Realmente disfruté pasar tiempo contigo.

Yo también. Te enviaré un mensaje de texto cuando regrese a Chile.

De acuerdo. ¡Que tengas un buen viaje!

Gracias.

Patrick deja su teléfono y se inclina hacia atrás, sonriendo, mientras acaricia lentamente a Blue, quien continúa ronroneando satisfecho. Está feliz de tener nuevamente a su papá para él solo.

64

Capítulo 8

La vida volvió lentamente a su ritmo natural para ambos. Mis mañanas se desarrollaban en la tranquilidad de mi apartamento, donde estaba inmerso en el trabajo, mientras que las tardes y noches las dedicaba a enseñar. Paola, mientras tanto, regresó al centro médico de la familia en Valparaíso, una histórica ciudad portuaria que se encuentra hombro con hombro con Viña del Mar, donde trabajaba durante el día y, por la noche, cuidaba con ternura a su madre. Los martes y jueves, llevaba a su madre al otro lado de la ciudad para compartir el almuerzo en el centro médico con su hermano mayor, Andreas, un psiquiatra cuya presencia tranquila anclaba las reuniones.

Nuestra conexión vivía en el pulso constante de los mensajes de texto. Paola, siempre amante de la música clásica, a menudo me enviaba fragmentos de su mundo en forma de enlaces: melodías de sus compositores favoritos, como si ofreciera pedazos de su alma en cada nota.

Antonio Vivaldi " Violin Concerto in G Minor."

Trataría de encontrar formas de comprometerme con lo que ella compartió para mantener viva nuestra conexión.

Estaba patinando con Vivaldi en el parque esta mañana.

Qué lindo... Fenomenal

Ni siquiera consideramos llamarnos por razones obvias, pero compartimos fotos como otra forma de mantener la conexión.

Por favor, envíeme una foto pronto. Extraño tu sonrisa.

Estoy muy feo esta mañana. Envíame una foto tuya.

65

Yo también estoy muy feo esta mañana.

Estoy acostado, con sueño...

Estoy muy feliz de ver tu sonrisa.

A medida que las semanas separadas se convirtieron en meses, el frágil hilo de conexión entre nosotros se hizo más difícil de mantener únicamente por mensajes de texto. Lo que una vez se sintió íntimo comenzó a perder su corazón; los mensajes se redujeron a un ritual mecánico, un hábito más que un verdadero reflejo del cuidado. Fue una bendición, por supuesto, que todavía pudiéramos comunicarnos de esta manera, pero la verdad era innegable: vivíamos en mundos separados.

Los sentimientos que habíamos alimentado en esos primeros días eran delicados y hermosos. Pero el tiempo, la distancia y el silencio son fuerzas implacables, capaces de erosionar incluso las emociones más radiantes hasta que se desvanecen en las sombras. Ambos lo sabíamos: necesitábamos más que palabras en una pantalla si lo que compartíamos iba a sobrevivir, si alguna vez iba a convertirse en algo duradero.

Una mañana a fines de abril, Patrick se sentó en su escritorio. A través de la ventana abierta flotaban los sonidos y los aromas de la primavera: el canto de los pájaros, llevado por la brisa, y las ramas cargadas de flores en el pequeño parque del callejón de abajo. Mientras miraba su correo electrónico, sus ojos se fijaron un nuevo mensaje: de María, la esposa de su buen amigo, Conor.

Queridos amigos.

Ahora que se han levantado todas las restricciones de COVID-19, Conor y yo hemos reprogramado las celebraciones de nuestra boda para el 20 de julio en Buenos Aires. Estamos muy emocionados. Esperamos que todos puedan asistir. Por favor, confirme su asistencia lo antes posible.

66

Con amor, Conor y María.

Patrick abrió el correo electrónico y una sonrisa se extendió por su rostro. Un pensamiento parpadeó en su mente: *¿A qué distancia está Buenos Aires de Chile?* Con una chispa de curiosidad, abrió Google Maps. Argentina se extendía ampliamente a través de la pantalla, pero Buenos Aires parecía descansar a poca distancia de Santiago.

Su curiosidad se profundizó. Hizo clic en un sitio de viajes e ingresó fechas alrededor del 20 de julio. La respuesta apareció casi al instante: solo un vuelo de dos horas. La simplicidad de la misma despertó algo de esperanza en él. Sin dudarlo, tomó su teléfono, enviar un mensaje de texto a Paola.

Hola, Paola. Quiero preguntarte algo. Un buen amigo mío se va a casar en Buenos Aires el 20 de julio. Soy el padrino. Estoy pensando en ir allí una semana antes, alrededor del 13 de julio. Veo que Buenos Aires está a solo dos horas de vuelo de Santiago. ¿Crees que podrías tener esa semana libre? Estaré encantado de cubrir el costo de su vuelo.

Patrick apaga su computadora portátil, se levanta de su silla y empieza a ponerse su equipo de patinaje. El día es perfecto para patinar: iluminado por el sol, ventoso y fresco. Pone un pequeño altavoz junto con sus patines en su mochila y sale de su apartamento.

Cruzando Broadway, se dirige hacia el norte un par de cuadras hasta encontrarse con Sal afuera de su edificio de apartamentos. Juntos, se dirigen a Central Park, con destino al tramo familiar de Skaters' Road. Chris se reunirá con ellos allí.

Pronto, los tres amigos se deslizan por la acera, cada uno a su propio ritmo. Sal traza el perímetro del círculo de patinaje con facilidad, fluyendo sin problemas de adelante hacia atrás al ritmo de la música. Chris patina hacia atrás, deteniéndose de vez en cuando para practicar sus giros. Patrick, todavía en su segundo año, se concentra intensamente en sus cruces, una pierna barriendo sobre la otra mientras da vueltas por la pista. Los transeúntes ralentizan sus pasos, atraídos por la energía del trío, y observan durante un momento antes de continuar su camino.

Patrick se toma un descanso, curioso por ver si Paola ha respondido. Patina hasta un banco y se sienta para descansar y revisar sus mensajes. Ve que tiene un mensaje de texto de Paola.

Estoy muy feliz...

Pagaré el boleto; está bien... no es caro desde Chile.

Patrick sonríe mientras escribe su respuesta.

Estoy tan feliz de que puedas ir. Más momentos mágicos con mi hermosa Paola.

Mi hermoso Patrick.

Patrick guarda su teléfono y vuelve a patinar con energía renovada, sonriendo de oreja a oreja. Grita tanto a Sal como a Chris.

"¡Me voy a América del Sur!"

Ambos patinan hacia Patrick y chocan los cinco. Sonriendo ampliamente. Sal, riendo con una seriedad burlona.

"Será mejor que empieces a aprender algo de español."

"I know. ¿Cómo estás?" Patrick se ríe en respuesta.

"¡Ok! Eso es un comienzo, supongo."

Los tres amigos se demoran en la conversación, mientras Patrick comparte sus últimas noticias. Las risas y los asentimientos se agitan entre ellos antes de retomar el ritmo del patinaje en una hermosa tarde en Central Park.

Capítulo 9

Patrick sale de la zona de recogida de equipajes y mira a su alrededor. Sus ojos se posan en un McDonald's cercano. Lleva su maleta a la entrada y espera. Pronto, el taxista se acerca y, después de un breve intercambio de saludos, se dirigen juntos al estacionamiento. El sol brilla intensamente en el cielo despejado. Patrick hace una pausa, sorprendido por el calor que le presiona la piel. Es invierno en Argentina, pero el calor y la humedad le recuerdan más al verano que al frío. Se quita la chaqueta y continúa. Llegan al taxi. El conductor abre el maletero, coloca la maleta de Patrick dentro y Patrick se sienta en el asiento trasero.

A medida que el automóvil avanza por las afueras de la ciudad, sus ojos permanecen fijos en el paisaje que se despliega. La colección de casas que ve solo podría describirse como barrios de chabolas, construidos con madera vieja y hierro corrugado oxidado. Las sábanas y la ropa cuelgan para secarse al viento, revoloteando con la brisa. Patrick está paralizado, mirando la inmensidad de la pobreza frente a él.

Poco a poco, el escenario cambia. El taxi serpentea hacia el corazón de Buenos Aires, donde la ciudad se transforma ante sus ojos. Los grandes edificios se elevan en la elegancia neoclásica y el *art nouveau*. Se despliegan bulevares arbolados, salpicados de boutiques, cafés al aire libre y restaurantes llenos de conversación y de tintineo de vasos. La escena agita algo dentro de él; se siente como entrar en un recuerdo vivo de París.

Por fin, el taxi reduce la velocidad al final de la avenida Presidente Manuel Quintana, donde la calle se abre a una extensa zona de parques. Patrick mira por la ventana y ve a una mujer parada en la entrada del edificio de apartamentos donde se hospeda. La reconoce como Martina por su foto en Airbnb. Patrick le entrega al conductor la tarifa acordada y salen juntos. El conductor abre el maletero y saca la maleta de Patrick. Se agradecen mutuamente y se despiden. Martina camina hacia Patrick, sonriendo.

"Buenos días. ¿Eres Patrick? Soy Martina."

"Buenos días. Sí. Yes. Nice to meet you, Martina," Patrick responde con una sonrisa.

Martina, hablando en inglés, señala el edificio.

"Encantado de conocerte también. Ven, sígueme."

Martina lleva a Patrick por los escalones de piedra hasta la entrada del edificio de apartamentos. Juntos entran en el ascensor, que sube en silencio hasta el quinto piso. Con un suave clic, Martina abre la puerta. Ella cruza el umbral primero; Patrick lo sigue de cerca.

El apartamento lo recibe como un lienzo viviente: paredes cubiertas de pinturas vibrantes, estantes rebosantes de curiosidades enigmáticas y la luz del sol cayendo en cascada a través de generosas ventanas como si estuviera ansiosa por abrazar cada superficie. Con un gesto elegante, Martina pasa la mano por la habitación, desvelando rincones y detalles como si revelara un santuario oculto. *Ella señala una pintura en la pared.*

"Esta es una de mis favoritas. Fue hecho por un artista local."

Patrick deja que su mirada divague, absorbiendo la calidez y el encanto silencioso que habitan el espacio, mientras Martina lo dirige hacia la cocina.

"La cocina está completamente equipada y cuenta con todos los electrodomésticos necesarios."

Martina se desplaza hacia el dormitorio.

"Encontrará ropa de cama limpia en toda la habitación y en el baño."

Patrick asiente con lentitud; su expresión revela una tranquila satisfacción con el lugar. Una vez que se han hecho y respondido todas las preguntas, Martina saca un juego de llaves y se las entrega a Patrick.

"Aquí están las claves. Si necesitas algo, no dudes en enviarme un mensaje."

"Gracias, Martina."

"¡Disfrute de su estadía!"

Cuando Martina sale y lo deja solo, el silencio se asienta como un suave velo. Se queda en el centro de la habitación, permitiendo que sus ojos deambulen de nuevo, saboreando las texturas y los colores que dan carácter al espacio. Finalmente, se dirige al sofá, dejándose caer en su abrazo. Toma un folleto turístico de la mesa de vidrio frente a él, hojeándolo distraídamente antes de dejarlo de nuevo. Se levanta y camina hacia la puerta del balcón. Al abrirlo, sale.

A su derecha, se despliega una atractiva extensión de parque, repleta de césped verde, flores vibrantes y la risa alegre de los niños jugando. A unos doscientos metros más allá, en el otro extremo del parque, se encuentra una hermosa iglesia blanca. Justo al otro lado de la calle, se encuentra un antiguo café de estilo parisino. La zona de asientos al aire libre bulle de vida mientras se reúnen pequeños grupos de ancianos lugareños; sus risas y animadas conversaciones se mezclan con el aroma del café recién hecho.

A su izquierda, llama la atención la elegante arquitectura de los edificios de apartamentos a lo largo de la avenida Presidente Manuel Quintana. Se sienta en la pequeña mesa del balcón, sonriendo suavemente mientras contempla toda la escena: pacífica, vibrante y llena de vida. Después de unos minutos, saca su teléfono del bolsillo y mira la hora. Son las 14:10 horas. Se desplaza por sus mensajes y abre el último de Paola.

Buenas noches, Patrick. Que tengas un viaje relajante. Hasta mañana por la noche.

71

Él mira fijamente su texto y respira profundamente. El simple hecho de leer el texto lo pone nervioso al volver a ver a Paola. Su avión llega a las 9 pm, por lo que tiene el resto del día para él. Se pone ropa limpia, se mete las llaves de la mesa en el bolsillo y sale del apartamento.

Al descender los escalones del edificio de apartamentos, se detiene brevemente para que sus ojos recorran la escena que tiene ante él. La calle zumba de vida. Cruzando hacia el lado opuesto, se detiene ante el café que había observado desde el balcón del apartamento. Su letrero, grabado en elegantes letras, dice «La Biela».

Se inclina hacia la ventana, vislumbra el interior, luego escanea el menú que se muestra en la pared exterior. Un poco más allá, un pequeño puesto de información turística se erige como centinela de la ciudad, y al otro lado de la calle, una flota de autobuses de dos pisos de color amarillo brillante espera en una fila ordenada, prometiendo viajes por Buenos Aires. Se acerca a la cabina, toma un folleto informativo y se lo mete en el bolsillo de la chaqueta.

Luego, camina por la avenida Presidente Manuel Quintana mira casualmente las ventanas de las boutiques de ropa y de los restaurantes mientras pasea. Después de un breve tiempo, llega a una calle ancha llamada Avenida Callao. Se da cuenta de un restaurante de la esquina, al otro lado de la calle, llamado Monet, y decide cruzar para verlo más de cerca. Haciendo una pausa en el menú publicado afuera, delibera por un momento antes de elegir quedarse a almorzar. Acomodándose en una mesa en el área de asientos al aire libre, Patrick saborea su comida mientras observa a la gente pasar, empapándose de la frescura de su nuevo entorno y de la atmósfera tranquila.

Después, deambula por las estrechas calles laterales de su nuevo vecindario. Las avenidas están llenas de tiendas locales: una carnicería, una panadería, una acogedora librería y encantadoras boutiques de ropa. Estos son los tipos de tiendas que han desaparecido rápidamente de las calles de Manhattan en los últimos años, lo que le da a un vecindario su vitalidad, carácter y encanto únicos. Algunas cosas se ganan y otras se pierden por la comodidad de las compras en línea, piensa para sí.

Después de explorar los vecindarios adyacentes durante unas horas, Patrick saca su teléfono y abre Google Maps. Estudia el mapa por un momento, luego comienza a caminar de regreso hacia el apartamento. Cuando se acerca al edificio de apartamentos, pasa por un supermercado en la esquina y decide entrar. Dentro del supermercado, selecciona algunos productos esenciales: pan, leche, mantequilla, huevos, café, té, jamón, tomates, queso y aguacates. En la caja, sonríe al cajero, mira el total en la caja registradora y le entrega el efectivo. Ella le da su cambio y él le agradece, sonriendo.

"Gracias. Buenas tardes."

Ella sonríe en respuesta.

"De nada, señor. Buenas tardes."

Sale del supermercado, cruza la calle y camina por una breve distancia hasta su edificio de apartamentos. En el interior, rápidamente guarda los comestibles antes de dirigirse al dormitorio. Dejando su teléfono en la mesita de noche, se sienta en la cama. Una repentina ola de cansancio lo supera. Se derrumba en la cama y pronto cae en un profundo sueño.

Patrick yace en la cama, completamente vestido; su cuerpo descansa sobre las sábanas. De repente, su teléfono suena fuerte desde la mesita de noche, despertándolo. Se sienta abruptamente, desorientado, olvidando dónde está durante un momento. Parpadea, agarra su teléfono y mira la hora. Son las 9:30 p.m. Hay un mensaje de Paola.

Buenas noches, Patrick. Estoy en un taxi. Estaré en el apartamento en 20 minutos.

Las mejillas de Patrick arden de nerviosismo y anticipación. Sus dedos tiemblan ligeramente sobre el teclado; cada pulsación de tecla está cargada de emoción mientras escribe su respuesta.

Súper. Nos vemos luego.

Con un toque decisivo, presiona enviar y siente una descarga de adrenalina. Se apresura a guardar su teléfono en el bolsillo del pantalón y se levanta de su asiento; la anticipación lo recorre.

Entra en la sala de estar y se deja caer en el sofá, recogiendo un folleto turístico de la mesa de vidrio. Lo hojea sin rumbo fijo por un momento, luego lo deja. Se pone de pie, camina hasta la puerta del balcón y la abre. Al salir, se sienta en la pequeña mesa y coloca su teléfono frente a él. El pie de Patrick golpea el piso del balcón con anticipación mientras espera a Paola. Contempla la escena que lo rodea, abrazando el momento y buscando la calma en la incertidumbre.

La noche se despliega como un lienzo de estrellas, con una belleza que cautiva los sentidos y llena el aire de asombro. El café al otro lado de la calle parece transformarse bajo la luz nocturna, evocando la sensación de la "Terraza del café por la noche" de Van Gogh. La iglesia blanca, ahora iluminada, destaca contra la oscuridad del parque. La iglesia le recuerda a otra pintura de Van Gogh, aunque no puede recordar su nombre. Las luces de los edificios de la ciudad parpadean a lo lejos, y los edificios de apartamentos a lo largo de la venida están delicadamente iluminados, llenando el espacio a su alrededor. Sobre él, el cielo nocturno se despliega como un manto ilimitado de estrellas brillantes. Aunque una maraña de excitación nerviosa se agita en su pecho, la impresionante extensión que lo rodea le infunde una sensación de calma, susurrando promesas de maravilla y de posibilidad.

Después de lo que parece una eternidad, la mirada de Patrick se dirige hacia la calle. Un taxi se detiene fuera del edificio de apartamentos. Se inclina hacia adelante, con el corazón acelerado, intentando distinguir quién está dentro. A través de la tenue luz de la cabina, puede ver vagamente a una mujer en el asiento trasero.

Paola, vestida con su abrigo blanco de invierno, sale del auto. El taxista sale para sacar su maleta del maletero. Paola le habla mientras lo hace, en una pequeña conversación perdida en la distancia. Patrick observa desde el balcón con la respiración contenida. Él le grita.

74

"Hola, Paola."

Paola mira hacia arriba, escaneando el área en busca de la fuente de la voz. Cuando lo ve, sonríe y le saluda en reconocimiento.

"¡Hola!"

Con una chispa de entusiasmo, Patrick le hace un gesto para indicarle que estará allí. Ella asiente rápidamente; sus ojos brillan de anticipación. Rebosante de energía, corre hacia la sala de estar, con el corazón latiendo de emoción. En un momento de pura espontaneidad, se salta el ascensor y baja corriendo las escaleras, dando dos pasos a la vez, ¡cada salto alimenta su entusiasmo por conocerla!

Patrick sale del edificio y ve a Paola caminando hacia él, arrastrando su maleta. Ella camina lentamente, observando los alrededores, pero cuando sus ojos se encuentran, sus rostros se iluminan. Se encuentran en medio de la calle, intercambiando un beso y un abrazo reconfortante. Patrick, sosteniendo su cabeza con delicadeza entre sus manos, mirándola profundamente a los ojos.

"Mi Paola."

"Mi Patrick," ella responde suavemente con una sonrisa cálida.

Se demoran en otro beso, solo por un latido más, antes de alejarse. Envueltos en los brazos del otro, respiran profundamente, saboreando la ternura familiar que los envuelve. El mundo que los rodea se desvanece a medida que se relajan, en la comodidad de estar reunidos.

"Déjame tomar tu maleta. Tu maleta."

Él toma el asa de su maleta con una mano y la suya con la otra.

"Gracias, Patrick."

Se dan la vuelta, se toman de la mano y caminan hacia la entrada del edificio de apartamentos.

Capítulo 10

La luz de la mañana baña el balcón. Patrick y Paola se sientan uno al lado del otro, cada uno con una taza de café en la mano y un desayuno ligero ante ellos. Hay un silencio sereno entre ellos mientras disfrutan de la vista y la paz del momento. No intentan hablar, solo intercambian miradas y sonrisas ocasionales. El parque de abajo está tranquilo, mientras que el café La Biela, al otro lado de la calle, comienza a despertar. La iglesia blanca, en la distancia, se mantiene serena, iluminada por la luz de la mañana.

Comparten una sonrisa; sus ojos se encuentran por un momento, pero esa conexión fugaz dice mucho. El vínculo que sienten es palpable, tácito, pero profundamente comprendido, recordándoles la belleza de las conexiones silenciosas. No necesitan llenar el silencio con palabras. Todo lo que han querido durante meses está ahora aquí, en la tranquila paz entre ellos. Solo estar juntos es suficiente.

Luego, se recuestan en sus sillas y observan en silencio el mundo que los rodea. Observan a los clientes sentados afuera del café La Biela. Muchos de ellos son ancianos, sentados, contentos y en silencio, disfrutando de su café y de la compañía de los demás. Paola se da cuenta de una pareja en el café: una pareja de ancianos, sentada en silencio, tomados de la mano mientras beben su café. Paula, tocando el brazo de Patrick.

"Mira."

Patrick sigue su mirada y se da cuenta de la pareja. Paola, señalando a la pareja, luego a sí misma, luego a Patrick, con una sonrisa juguetona.

"Tú y yo."

"Sí. Posible."

Intercambian una sonrisa de silenciosa comprensión, terminan su desayuno y se recuestan en sus sillas, mientras beben su café. Después de unos momentos, Patrick, de repente, se sienta más derecho. Una idea cruza su mente. Se pone de pie y señala hacia la calle de abajo, donde están estacionados los autobuses turísticos amarillos.

"Bus turístico. Buenos Aires."

Paola sigue su puntería y ve los autobuses. Ella lo mira y levanta una ceja al entender la sugerencia. Ella se encoge de hombros y luego sonríe.

"Ok. ¿Por qué no?"

Patrick sonríe ampliamente. Ambos se ríen ligeramente; surge entre ellos una excitación mutua. Patrick se levanta de su asiento y recoge sus utensilios de desayuno para devolverlos al interior.

De la mano, Patrick y Paola salen del edificio de apartamentos. Cruzan la calle, caminando hacia el quiosco de información turística. Paola se acerca al quiosco, donde una mujer alegre está detrás del mostrador. Patrick se para a su lado mientras Paola habla con la mujer y compra sus boletos para el autobús turístico.

"Dos pasajes, por favor."

La mujer entrega los boletos y Paola los toma, sosteniéndolos para que Patrick los vea. Ella sonríe alegremente. Cruzan la calle de la mano, donde se unen a una fila de turistas que se forman junto a uno de los autobuses amarillos de dos pisos. Paola se acerca primero al autobús, guiando a Patrick mientras suben las escaleras al piso superior. Examinan las opciones de asientos y encuentran dos vacíos a un lado. Se sientan, acomodándose en sus asientos, emocionados por la aventura que les espera. Una nueva ciudad y nuevas experiencias juntos. El autobús cobra vida; su motor ronronea mientras se aleja de la acera y baja por la calle tranquila.

Al llegar a la Avenida 9 de Julio, el vibrante pulso de Buenos Aires se despliega ante ellos. Este amplio y majestuoso bulevar está flanqueado por una arquitectura impresionante y por árboles que se balancean. Al pasar por el icónico Obelisco de Buenos Aires, la pareja queda cautivada por la magnífica grandeza de la ciudad y siente que la esencia de la metrópoli la envuelve. Es más expansivo y majestuoso de lo que habían imaginado.

"Paola, this is amazing. Incredible. Super Grande!"

"Sí. Super Grande. Incredible!"

El autobús continúa su ruta; la hermosa arquitectura de la ciudad y las vibrantes calles se despliegan ante él. Otros turistas en el autobús, algunos con niños, otros sin ellos, están igualmente inmersos en las vistas y los sonidos de Buenos Aires. Patrick y Paola los observan y se dan cuenta de que todos están viviendo la misma experiencia. De vez en cuando, se miran el uno al otro; una sonrisa de complicidad se cruza entre ellos, antes de volver la atención al paisaje que pasa. Después de un tranquilo recorrido de tres horas, el autobús dobla la esquina hacia la avenida Presidente Manuel Quintana y, lentamente, se detiene donde comenzó. Con una emoción intensa, saltan del autobús, entrelazan los dedos y caminan apresuradamente hacia su edificio de apartamentos.

A la tarde siguiente, Patrick y Paola salen del edificio de apartamentos. De la mano, cruzan corriendo la bulliciosa calle para pedir un taxi. Mientras se deslizan hacia el asiento trasero, Paola llama la atención de Patrick con una sonrisa traviesa y, juguetonamente, le coloca el dedo en los labios, instándolo a no hablar. Patrick asiente con la cabeza en señal de comprensión. Ella no quiere que el taxista sepa que Patrick es un gringo.

"Hola. Nos gustaría ir a Palermo. Plaza Serrano."

"Ok. Ningún problema."

El taxi gira hacia una calle estrecha y empedrada. Los edificios tienen dos pisos de altura, adornados con vibrantes tonos de amarillo, verde, rojo y naranja. Han entrado en Palermo, el corazón bohemio de la ciudad, irradiando un encanto antiguo y vibraciones hípster. El taxi se desliza lentamente por las calles estrechas, navegando con habilidad entre peatones y bicicletas. El ambiente está lleno de energía, pero al mismo tiempo transmite un espíritu relajado. El taxi se detiene en la acera y el conductor señala un mercado al aire libre más adelante. La plaza está llena de gente que pasea entre los puestos que venden ropa hípster, joyas y bolsos. El ambiente vibrante está lleno de arte colorido, decoración ecléctica y el bullicio de las conversaciones en los cafés de los alrededores.

"Plaza Serrano."

Pagan la tarifa y se bajan del taxi. Caminan hacia el corazón del mercado, mirando a su alrededor con curiosidad. Pasean de un puesto a otro, examinando los productos coloridos y absorbiendo la animada energía bohemia que los rodea. De vez en cuando hacen una pausa para que Paola pueda charlar con los vendedores y analizar sus productos antes de continuar su camino. A medida que continúan, doblan por una calle lateral, llena de boutiques de ropa. Pasan por una tienda boutique con un escaparate que llama la atención de Paola. Se detiene, admirando un atuendo en la ventana; luego mira a Patrick. Ella señala que le gustaría entrar. Patrick asiente y sonríe cuando Paola entra en la tienda. Él sigue.

La tienda es pequeña pero bien curada, con ropa moderna y elegante. Paola se abre paso entre los estantes. Se detiene en una sección y saca una chaqueta de mezclilla azul. Ella lo mira; su rostro se ilumina de interés. Se dirige a un espejo de cuerpo entero en la parte trasera de la tienda y se lo prueba. La chaqueta le queda perfectamente y complementa su atuendo. Ella sonríe a su reflejo, satisfecha con su elección. Volviéndose hacia Patrick, con una sonrisa.

"¿Te gusta? Do you like?"

Patrick se acerca, sonriendo, admirándola con la chaqueta puesta.

"You look muy cool in esta jacket."

Paola se ríe por lo bajo, complacida con el cumplido.

"Gracias. Thank you."

Paola camina hacia el mostrador de la caja con la chaqueta de mezclilla. Patrick mete la mano a su billetera, ansioso por pagar.

"Paola. Yo pago."

Paola niega con la cabeza, rechazándolo.

"¡No. No! Yo pago."

Paola saca su monedero y le paga al cajero. Patrick la observa con admiración y respeto, al entender la tranquila declaración que hace sobre su relación. Salen juntos de la tienda, sonriendo; Paola lleva puesta su chaqueta nueva y caminan de la mano por la calle.

Navegan por una pequeña librería antes de decidirse a tomar un café al aire libre. La camarera es bilingüe y pregunta de dónde son. Patrick comparte brevemente la historia de cómo se conocieron. Ella sonríe cálidamente, respondiendo tanto en inglés como en español.

"Qué romántico. Qué gran historia. Debes estar realmente enamorado para querer estar juntos a pesar de los obstáculos."

Patrick y Paola le agradecen, intercambian un suave asentimiento y sonríen, ambos sintiendo la profundidad de lo que dijo. Cuando la camarera se gira, se miran a los ojos durante un momento y sonríen. Beben sus cafés mientras la calle bulle con turistas y lugareños que pasan. Paola mira a las personas, observando el flujo de la vida a su alrededor, mientras Patrick la observa con una mirada llena de afecto.

El simple hecho de sentarme con ella y mirarla me relajó mucho. No importaba que estuviera a miles de kilómetros de casa, en un país donde no hablaba el idioma, con una mujer que apenas conocía. Estar con ella se sentía como en casa. Ella me hizo feliz.

80

A medida que el cielo comienza a cambiar de luz a anochecer, ambos se miran el uno al otro y acuerdan en silencio que es hora de irse y de regresar al apartamento. Cuando terminan los últimos sorbos de sus cafés, se levantan de sus sillas y caminan hacia la acera. Se paran juntos, tomados de la mano, mientras esperan un taxi que los lleve de regreso al apartamento.

Es media mañana y la lluvia cae a cántaros afuera; corrientes de agua constantes caen por la ventana del dormitorio. Patrick se para junto a la ventana y baja ligeramente las cortinas para ver mejor el clima. Se vuelve hacia Paola, que está acostada en la cama, todavía medio dormida. Señala la ventana.

"Está lloviendo."

Paola mira perezosamente, entrecerrando los ojos ante la fuerte lluvia afuera. Ella asiente con la cabeza; le sonríe a Patrick mientras señala al televisor.

"¿Película? Movie?"

"Está bien."

Patrick localiza el control remoto del televisor en la mesita de noche, se vuelve a meter en la cama junto a Paola y enciende el televisor. Navega por Netflix desplazándose entre las opciones disponibles. Después de navegar un poco, ambos se ponen de acuerdo.

"You listen—tú escuchas. I read. Yo leeré the subtitles."

Paola le sonríe con afecto.

"Ok."

Se acomodan contra sus almohadas, se toman de la mano y se relajan. La película comienza y pronto se sumergen en ella. Aunque hablan diferentes idiomas, sus expresiones compartidas, risas y comentarios ocasionales durante la película revelan cuán profundamente se entienden.

La película termina y aparecen los créditos. Paola se vuelve hacia Patrick, sonriendo y levantando el dedo índice en un gesto juguetón.

"¿Una más?"

Patrick la mira por un momento, pensando, antes de asentir con una sonrisa.

"Sí. Pero... Necesita food."

"Ok. Yo también. Me too. Tengo hambre."

Patrick se levanta de la cama y se dirige a la cocina. Regresa poco después con una bandeja de comida: una pasta simple pero reconfortante. Coloca la bandeja en el regazo de Paola y vuelve a meterse en la cama.

"Gracias, Patrick."

"De nada. No problem."

Paola lo mira; sus ojos brillan de afecto. El mundo exterior se desvanece mientras se preparan para un día de películas y el cariño de la compañía del otro.

A medida que el sol se pone, Patrick y Paola salen de su edificio de apartamentos. Patrick, vestido con un traje azul oscuro a medida, emana un aire de elegancia y sofisticación, encarnando la esencia misma de un caballero europeo. Paola, a su vez, es la imagen de la elegancia con un vestido de noche negro, que parece haber salido de la escena inicial de Breakfast at Tiffany's, irradiando una belleza clásica y atemporal. Caminan de la mano por la calle para tomar un taxi, atrayendo algunas miradas de admiración. Su elegancia como pareja es innegable: refinada y refinada.

El taxi se detiene a lo largo de un muelle fuera del Club de Yates Puerto Madero. El club, un cobertizo para botes grande pero elegante, se encuentra con gracia a orillas del río de la Plata. El aire de la noche es fresca y las tenues luces del club se reflejan en el agua, creando un ambiente romántico. Patrick sale primero y le ofrece la mano a Paola, quien también le ofrece la suya. Patrick se toma un momento para ajustarse el traje, mientras Paola, con una sonrisa, se endereza el vestido. Cuando está listo, vuelve a tomar su mano y descienden por el muelle flotante hasta el club.

Cuando entraron en la amplia sala de recepción, la encontraron solo parcialmente poblada por los primeros en llegar. Las suaves notas de la música flotaban por el espacio, estableciendo un tono relajante. Un camarero se acerca y les ofrece algunos aperitivos y copas de vino. Ambos aceptan, asintiendo cortésmente. A medida que se adentran en la habitación, Patrick ve a un par de amigos del novio al otro lado. Le hace un gesto a Paola y sonríe.

"Dos amigos."

Paola asiente, sonriendo, y los dos se acercan.

A medida que se acercan a los amigos, Patrick presenta a Paola con una serie de asentimientos y sonrisas por todas partes. La conversación se reanuda rápidamente, con Patrick participando en una discusión con los dos neoyorquinos. Paola se mantiene un poco apartada, observando en silencio. Mira alrededor de la habitación; sus dedos golpean ligeramente el vaso mientras reflexiona sobre las conexiones que la rodean. Después de un momento, le indica a Patrick, con un gesto suave, que planea deambular por la habitación. Patrick la mira, comprensivo, y asiente.

La sala ahora está llena de charlas y risas; los invitados conversan profundamente; las copas tintinean y la atmósfera zumba de emoción. De repente, suena una campana, lo que indica que la ceremonia de la boda está a punto de comenzar. Patrick, al terminar una conversación con un grupo de invitados, escanea la habitación en busca de Paola. La encuentra inmersa en una conversación con dos mujeres y dos hombres, a quienes presume que son sus maridos. Se ríen juntos, perdidos en una animada discusión.

La observé durante unos momentos antes de acercarme para presentarme. Admiré su capacidad para mezclarse y conversar con extraños.

Paola, luciendo radiante en su vestido, se levanta de su asiento e indica a Patrick que se acerque. Ella hace un gesto hacia las mujeres y sus esposos con una amplia sonrisa emocionada.

"Mira, estos dos hombres son sobrevivientes del avión que se estrelló en Chile en la década de 1970. ¡Qué historia tan increíble!"

Patrick la mira, desconcertado, sin entender lo que dice. Sonríe y asiente mientras lo presentan. Se toma una foto de Paola con las dos mujeres, seguida de otra con sus maridos. El grupo intercambia algunas palabras más y luego todos prometen volver a hablar más tarde. Los invitados comienzan a moverse hacia la terraza al aire libre para tomar asiento. Patrick y Paola encuentran sus asientos, a tres filas del frente.

Comienza la ceremonia. La canción elegida comienza a sonar y la novia camina por el pasillo hacia el sacerdote, mientras el novio permanece en el altar. Los invitados giran la cabeza, mirando con sonrisas mientras la novia se dirige hacia el sacerdote y su futuro esposo.

A medida que los ritos ceremoniales finales llegan a su fin, la atmósfera vibra con anticipación. Los recién casados se inclinan y comparten un sincero beso que es recibido con una sonora ola de aplausos de familiares y amigos. Con sus dos hijas pequeñas y el hijo del novio en la mano, se dan la vuelta y caminan por el pasillo, de regreso a la sala de recepción. Los invitados lo siguen de cerca, entrando en el ambiente de fiesta mientras el DJ empieza a tocar algunos ritmos clásicos de la discoteca.

Cuando todos regresan a la sala de recepción, las luces de la discoteca parpadean. El DJ anuncia a la pareja de recién casados que aparece detrás de unas cortinas con sombreros de fiesta. La multitud vitorea y aplaude mientras se dirige hacia la pista de baile. Después de un breve primer baile, hacen un gesto para que los demás invitados se unan a ellos. Patrick, sonriéndole a Paola.

"¿Tú quieres dance? ...Bailar?"

Una amplia sonrisa se extendió por su rostro.

"¡Obvio!"

Paola se ríe, asiente y se pone de pie con entusiasmo. La pareja se dirige a la pista de baile, uniéndose a los demás invitados, todos los cuales se dejan llevar por un estado de ánimo festivo. Suena la música disco, las luces parpadean y todos bailan con alegría, incluidos Patrick y Paola, que se mueven al ritmo con abandono y despreocupación.

Mientras bailábamos, observé cómo Paola llamaba la atención de los hombres y de algunas mujeres que bailaban a nuestro alrededor. Se veía radiante, como una Audrey Hepburn moderna, bailando con tanta libertad. Estaba tan orgullosa de ser la que bailaba con ella.

La música se desvanece y los invitados regresan lentamente a sus mesas asignadas. Las luces de la discoteca se atenúan y se sirve la cena. Los invitados charlan alegremente mientras disfrutan de su comida. Una vez terminada la cena, comienzan los discursos. Patrick, como padrino, se levanta de la mesa. La habitación se queda en silencio; todos los ojos se vuelven hacia él.

"Buenas noches a todos. Me siento realmente honrado de estar aquí hoy para celebrar este momento especial..."

Paola, sentada a la mesa, observa a Patrick hablar, con los ojos llenos de admiración y orgullo. Ella sonríe cálidamente mientras escucha, sabiendo que él está a punto de decir algo desde el corazón. Anteriormente, había compartido con ella una versión traducida de su discurso, pero verlo pronunciarlo en persona aporta una capa de emoción. Cuando terminan los discursos, la música se reanuda y muchos de los invitados regresan ansiosamente a la pista de baile. Patrick y Paola se unen a ellos una vez más y bailan felizmente juntos.

Las celebraciones continúan hasta la noche con invitados riendo, bailando y disfrutando de cada momento.

La sala está casi vacía, con solo unos pocos bailarines acérrimos que permanecen en la pista. Paola es una de ellas, con los ojos cerrados, completamente inmersa en la música. Patrick, sentado cerca de su mesa y visiblemente cansado, saca su teléfono del bolsillo de su chaqueta. La hora es 3:30 a.m., un recordatorio del inminente fin de su tiempo juntos.

El vuelo de Paola es en tres horas.

Camina hacia la pista de baile y, al llegar a Paola, le da un ligero golpecito en el hombro. Su toque es suave, casi vacilante, como si intentara sacarla con suavidad del encantador trance en el que parece estar perdida.

"Paola..."

Paola ralentiza su movimiento lo suficiente como para registrar su presencia. Patrick, levantando su teléfono, le mostraba la hora.

"You need to catch your flight. It is 3:30."

Paola entrecierra los ojos en ese momento; luego sacude la cabeza juguetonamente. Ella no quiere parar. Todavía no está lista para enfrentar la realidad de volver a su vida en Chile.

"Cuando termine la música... terminan mis vacaciones..."

Afortunadamente, después de una canción más, el set del DJ termina. Paola está de pie en el borde de la pista de baile, con el pelo ligeramente despeinado, una sonrisa amplia, exhausta pero eufórica en su rostro. Tuvo una noche fantástica.

Patrick toma su mano con cariño mientras se dirigen a sus asientos. Paola se pone el abrigo mientras Patrick se alisa la chaqueta. Se abren paso entre los invitados restantes y, finalmente, llegan a la pareja de recién casados para compartir sinceras despedidas.

86

Con cálidos abrazos intercambiados, abandonan rápidamente el club y suben por el muelle flotante. Al entrar en la calle desierta, la emoción de la noche persiste en el aire nocturno. No hay taxis ni otros vehículos a la vista. Paola se acerca a uno de los guardias de seguridad que está cerca.

"¿Dónde podemos conseguir un taxi?"

El guardia de seguridad hace un gesto hacia el Hotel Hilton a lo lejos.

"Simplemente camine hasta allí, al Hilton. Allí encontrarás uno."

Patrick toma la mano de Paola y comienzan a caminar rápidamente hacia el hotel, todavía sintiendo el zumbido de la celebración que los atraviesa, mientras su agotamiento empieza a hacerse notar. Cuando se acercan al Hilton, ven un taxi que se dirige hacia ellos. Ambos saludan frenéticamente, esperando que el conductor se dé cuenta. El taxi reduce la velocidad y luego se detiene. Rápidamente se suben.

"501 avenida Presidente Manuel Quintana, por favor."

El conductor asiente, confirmando la dirección. Cuando el taxi comienza a moverse, Paola entabla una conversación con el conductor, mientras Patrick se sienta, apoyando la cabeza contra la ventana del taxi. El taxi finalmente se detiene en el edificio de apartamentos. Patrick paga rápidamente al conductor mientras Paola termina de hablar con él. Alzando el dedo índice, pregunta:

"Entonces, ¿podrás regresar en una hora?"

"Sí. No hay problema."

"Gracias. Muchas gracias."

Salen del taxi y se apresuran a subir los escalones para entrar al edificio de apartamentos.

Son las 5 de la mañana. La noche y la ciudad siguen siendo oscuras y tranquilas. Paola está de pie junto a Patrick, ambos esperando el taxi, con la maleta a su lado. Lleva su bata blanca. Lleva pantalones de pijama y una chaqueta corta; su postura es cansada, pero se aferra a cada momento que pasa lo mejor que puede. Permanecen juntos en silencio, compartiendo una comprensión profunda y tácita de lo que está sucediendo.

El taxi dobla la esquina; sus faros atraviesan la oscuridad. Lentamente se detiene junto a ellos. El taxista sale del taxi, saluda cortésmente a la pareja y toma la maleta de Paola, la coloca con cuidado en el maletero. Se giran para mirarse y repetir sus despedidas. Patrick la acerca; sus brazos la envuelven mientras comparten un beso profundo y prolongado. Susurrando, abrazándolo con fuerza.

"Gracias, mi amor. Te amo. I love you!"

"I love you too. Te amo también."

Paola se sienta en el asiento trasero del taxi; su mirada se detiene en Patrick por un momento más antes de que la puerta se cierre. Luego gira la cabeza para hablar con el taxista. Patrick observa el taxi por un momento, bajando por la avenida, encogiéndose en la noche. Dobla la esquina y se pierde de vista.

"Se ha ido... Se ha ido de nuevo."

Se queda allí un momento más, con los ojos fijos en la calle vacía. Luego se da la vuelta y sube los escalones hacia el edificio de apartamentos.

Patrick se queda de pie en la puerta del dormitorio, inmóvil durante un largo momento, mirando la cama vacía. El silencio de la habitación se siente más fuerte ahora, haciéndose eco de la ausencia de la calidez y de la presencia que había compartido con Paola. Camina hacia su cama. Exhausto, se quita las zapatillas y luego cae hacia adelante sobre las sábanas, boca abajo. Se queda allí por un rato, inmóvil, dejando que la quietud lo inunde. Luego, instintivamente, su brazo derecho se estira hacia donde había estado Paola y agarra su almohada. Huele su aroma, su esencia, siente su energía y, por unos momentos, es como si ella todavía estuviera allí a su lado.

Una sonrisa se extiende lentamente por su rostro, sus ojos aún cerrados, mientras inhala profundamente. Sus pensamientos oscilan entre el agotamiento y la abrumadora felicidad que siente por la semana que pasaron juntos. Está lleno de la devoción que siente por esta hermosa mujer.

¿Cuánto durará esto?

La energía, la conexión entre ellos, se sienten poderosos ahora, pero ¿cuánto tiempo antes de que comiencen a desvanecerse a medida que los obstáculos del tiempo y la distancia vuelven a sus vidas? Él acerca la almohada, aferrándose al calor de su fuerte sentimiento. Cierra los ojos; el agotamiento se apodera de él mientras sucumbe al sueño.

Capítulo 11

Después de nuestro tiempo juntos en Buenos Aires, supe que había encontrado a la mujer con la que quería pasar mi vida. Había encontrado a una mujer que me hacía sentir relajado, feliz y vivo. Una mujer que me hizo reír y sonreír. Una mujer a la que le encantaba bailar, patinar y divertirse. Una mujer llena de asombro y de curiosidad infantil. Una mujer con los pies en la tierra, amable y preocupada por la gente. Una mujer con la que disfrutaba de caminar por las calles, observando a todos y todo. Una mujer de la que podría sentirme orgullosa de estar a su lado. Una mujer con la que podía pasar todo el día en la cama, viendo películas y tomados de la mano.

Una mujer que se sentía como en casa.

Ambos queríamos construir una vida juntos. Pero ¿cómo y cuándo? A pesar de lo agotador que resultaba vivir con su madre para Paola, no quería abandonarla. Su madre había estado allí para ella en algunos de los momentos más difíciles y tristes de su vida. Paola se sentía dividida entre su empatía hacia su madre y la oportunidad de una nueva vida conmigo. Enviaba mensajes de texto sobre las ansiedades que tenía.

A veces tengo ataques de pánico... Al no saber inglés, estoy tratando de encontrar trabajo y, eventualmente, tendré que dejar a mi madre. Los únicos felices son mis hijos, que quieren que me mude a Manhattan. Actúan como niños pequeños.

Ambos ven que es por mi propio bien, ya que cada vez que vienen, me encuentran con mi madre... Se enojan. Sienten que no es bueno para mí cuidar a mi madre con tan poca ayuda.

Trata de ayudarlos a razonar sobre las ansiedades que experimentan.

90

Es una situación complicada y entiendo por qué te pones ansiosa. Sé que te preocupas mucho por tu madre, pero ha tenido una buena vida. Tu vida ha sido difícil, con mucho dolor y tristeza. Mereces ser feliz.

Gracias, Patrick, mi amor.

El tiempo y la distancia no fueron los únicos obstáculos importantes en nuestro camino. También necesitábamos aprender el idioma del otro. Estudiamos con una aplicación de idiomas todos los días, pero las mentes mayores no son tan flexibles, lo que lo vuelve más desafiante. Mientras tanto, continuaríamos comunicándonos por mensajes de texto. Paola, una Piscis, está interesada en la astrología, aunque, sinceramente, tengo mis dudas. Como profesor de pensamiento crítico y estadístico, siento que la astrología es muy propensa al sesgo de confirmación.

Traté de mantener una mente abierta. Me dijo que las estrellas dejaban claro que éramos una pareja perfecta. Me divirtió esto y me pregunté si ella habría terminado la relación si las estrellas hubieran dicho lo contrario. Me enviaba mensajes de texto con citas que describían las características de su signo zodiacal como una forma de contarme más sobre su personalidad.

Piscis es tierna por fuera, pero en privado, es salvaje, apasionada; ella hechiza con su mirada. Ella sabe cómo jugar. Piscis puede ser muy buena gente en los buenos tiempos, pero en los malos tiempos somos muy oscuros.

Soy de un país que pasó por cientos de años de oscuridad. Dark es mi segundo nombre. Está en nuestro ADN.

Compartíamos enlaces a canciones, poemas y citas favoritas para expresar cómo nos sentíamos.

De vez en cuando la vida por Joan Manuel Serrat. En los momentos contigo es cuando desearía detener el tiempo.

En Buenos Aires contigo, quería detener el tiempo.

Gracias, Patrick, mi amor. Yo también.

Joy Joy by Black Motion. Patiné con esta canción en el parque. La letra me hace pensar en ti. "Cada vez que te veo, me haces sentir feliz."

Quiero bailar cuando estemos juntos en el apartamento.

Enviamos mensajes de texto sobre nuestro pasado y matrimonios anteriores. Nos enviamos mensajes de texto sobre el dolor de nuestras rupturas y lo que salió mal. Compartimos fotos de nosotros mismos mientras crecíamos y de nuestras familias. El hecho de que pudiéramos comunicarnos con tanta facilidad por mensajes de texto fue notable. Sin embargo, a medida que pasaban las semanas, sentí una creciente necesidad de ver su rostro y escuchar su voz. Siempre dudaba en presionar el botón para iniciar una videollamada. Tenía miedo de enfrentar la realidad de que no podíamos comunicarnos verbalmente.

Una noche, Patrick se sienta a escribirle un mensaje de texto a Paola. Abre la aplicación, pero cuando está a punto de enviar mensajes de texto, hace clic apresuradamente en el botón de videollamada.

Paola está sentada en la cama, con el teléfono en la mano, escribiendo un mensaje en Facebook. Una notificación de videollamada de Patrick parpadea en su pantalla.

Ella parece sorprendida; su expresión cambia a un deleite nervioso. Ella se endereza rápidamente, un poco cohibida pero ansiosa por volver a ver su rostro. Toca la pantalla, responde la llamada y se encuentra con la cara sincera y sonriente de Patrick. Ella le devuelve la sonrisa.

"Hola, Patrick. ¿Cómo estás?... How are you?"

"Good. Bien. ¿Cómo estás?"

"Bien. Good. *Todo bien."*

Este breve intercambio se ve seguido de risas nerviosas. Sonríen y se miran en silencio durante lo que parece una eternidad. Entonces Paola se ilumina de repente; una chispa de inspiración brilla en sus ojos.

"Mira."

Ella salta de la cama y Patrick la mira con una mezcla de curiosidad y afecto. Se acerca a su armario y saca dos vestidos. Ella sostiene cada uno, sostenido frente a ella, frente al espejo de cuerpo entero, modelándolo para él.

"Mira, mi vestido nuevo. ¿Te gusta? Do you like?"

Patrick le sonríe a través de la pantalla.

"Si. Yes. Beautiful. Bonita."

El rostro de Paola se ilumina al escuchar sus palabras de aprobación. Ella le lanza un beso juguetón.

"Gracias, mi amor. Thank you!"

Paola continúa, pasando de un vestido a otro, modelando cada atuendo con una energía contagiosa que hace reír a Patrick. Simplemente asiente y sigue repitiendo: "Hermoso. Bonita". Su sonrisa nunca se desvanece y se contenta con mirarla, deseando que estos momentos lúdicos nunca terminen.

Sin embargo, el programa llega a su fin. Paola vuelve a poner los vestidos en el armario y se mete de nuevo en la cama. Ella continúa hablando en español sin parar, como si olvidara que Patrick no entiende lo que dice. Patrick continúa sonriendo y asintiendo con la cabeza, pero ahora se le ha formado un pequeño dolor en el corazón; una tristeza familiar se arrastra. Él no puede entenderla. Luego, una mirada de tristeza se apodera del rostro de Paola al darse cuenta de que Patrick no entiende nada de lo que dice. Su conversación pronto se desvanece en el silencio.

El silencio que llena la llamada es denso ahora. No es el cómodo silencio que hay entre ellos cuando están físicamente juntos, cuando sus almas parecen hablar sin palabras. El silencio entre ellos es un vacío ensordecedor lleno de la angustia de no poder comunicarse.

Continúan mirándose el uno al otro en silencio. Entonces me viene a la mente una vieja canción irlandesa que Patrick solía cantar cuando era más joven. Las palabras expresan acertadamente lo que está sintiendo en este momento. Cierra los ojos, se toma un momento y luego comienza a cantar en inglés desde un lugar muy profundo de su interior.

> "El negro es el color del cabello de
> mi verdadero amor, sus labios son
> como algunas rosas hermosas,
> ella es la sonrisa más dulce y las
> manos más suaves,
> Y amo el suelo sobre el que ella se
> encuentra.
> Amo a mi amor, y bien ella lo sabe,
> amo el suelo, sobre el que va,
> deseo que llegue el día, pronto
> llegara,
> cuando ella y yo pudiéramos ser
> uno".

Los ojos de Patrick comienzan a llenarse de lágrimas mientras continúa cantando.

> "Voy al Clyde, me lamento y lloro,
> porque satisfecho, nunca puedo estar,
> le escribo una carta, solo unas pocas líneas,
> y sufro la muerte diez mil veces".

Las lágrimas ruedan por las mejillas de Patrick mientras se seca los ojos. Las lágrimas llenan los ojos de Paola, junto con una sonrisa

94

afectuosa. De alguna manera, entiende exactamente lo que la canción intenta expresar.

"El negro es el color del cabello de mi verdadero amor; sus labios son como algunas rosas hermosas; ella es la sonrisa más dulce y las manos más suaves, y amo el suelo, sobre el que se encuentra".

Paola mira fijamente la pantalla, con los ojos llenos de compasión. Se seca algunas lágrimas; su rostro se ilumina cuando comienza a aplaudir, su voz llena de afecto y orgullo.

"¡Bravo. Bravo. Bravo, mi amor. Bravo!"

El alivio en sus rostros es inconfundible; una nueva ola de confianza los inunda. A pesar de las millas y las diferencias de idioma, su devoción brilla con intensidad y promete perdurar. El innegable afecto entre ellos, incluso a través de la pantalla brillante, llena el espacio con una conexión íntima.

Mientras intercambian sonrisas, sus corazones se hinchan de una comprensión tácita. El tiempo se siente suspendido en este momento, pero eventualmente se dan cuenta de que es hora de dar las buenas noches. Permanecen en la alegría de su conexión compartida, todavía reacios a dejarla ir.

"Buenas noches, Patrick. Dulce sueños. Sweet dreams."

"Good night, Paola. Dulce sueños."

Cuando termina la llamada, ambos se sientan, sintiendo una sensación de paz, de esperanza, de comprensión tácita. A partir de esa noche, cada conversación sería seguida por un gesto simple pero poderoso: un gran emoticono de corazón, un símbolo final de su afecto, un recordatorio de que no importa qué tan lejos estuvieran o cuánto tiempo, sus corazones estaban conectados y entrelazados.

Decidimos que Paola vendría a Nueva York para Navidad y Año Nuevo. A principios de la primavera, se mudaría a Nueva York para

95

siempre. Nos casaríamos poco después de su llegada, lo que le permitiría quedarse a vivir conmigo en Nueva York mientras se tramitaba y se aprobaba su solicitud de tarjeta verde. Viajaba a Chile para una ceremonia simbólica; luego regresábamos a Nueva York para oficializarla y comenzar nuestra vida juntos.

Pasaron las semanas y los meses. Nos enviábamos mensajes de texto todos los días y llamábamos por video cuando era necesario. Continuamos compartiendo nuestra música, películas, documentales, esperanzas y sueños favoritos para el futuro. Para el Día de Acción de Gracias, no parecía que pasara mucho tiempo hasta que volviéramos a estar juntos.

Es la mañana de principios de diciembre. Patrick se encuentra en el centro de su estudio, inspeccionando el espacio. El colchón yace en el suelo de la alcoba del dormitorio y la pila de contenedores de cubos de acero, llenos de ropa y zapatos, se encuentra al lado. Decide que es hora de despedirse de su piso de soltero. Se da la vuelta, camina hacia la cocina, abre el gabinete debajo del fregadero y saca una cinta métrica.

Patrick mide la alcoba con cuidado, sus movimientos deliberados, casi meditativos. Con la primera pincelada, un rojo cálido y rústico comienza a florecer en la pared, transformando el rincón que alguna vez fue frío en un santuario que emana comodidad. Las cortinas marrones caen pronto a través de la división, creando una sensación tranquila de intimidad sin cerrar la suave apertura de la habitación. Construye la cama con sus propias manos, sólida, con los pies en la tierra; luego la corona con una pintura en tonos terrosos y brillantes, un susurro de elegancia sobre el marco resistente. Los contenedores de acero, símbolos de la fugacidad, se han ido; en su lugar se encuentra una cómoda de madera, rica y con los pies en la tierra, que contiene tanto el peso como la memoria. Un sofá de dos plazas de color naranja rústico se enfrenta a la cama; sus tonos profundos y acogedores invitan a momentos de risa, a conversación tranquila o a simple descanso. Sobre él, el marco de una vieja ventana ahora alberga una pintura de una conífera solitaria contra montañas distantes, un atisbo de quietud, de la naturaleza observando en silencio. Finalmente, junto a la ventana, coloca un pequeño árbol de Navidad, humilde pero luminoso. El

96

apartamento, que alguna vez fue solo paredes y muebles, ahora zumba alegremente lleno de vida: se siente acogedor, se siente humano. Se siente como en casa.

Patrick se toma un momento para dar un paso atrás y permitirse apreciar realmente los frutos de su trabajo. Su mirada recorre la habitación, deteniéndose en las deliciosas transformaciones que le dan nueva vida al espacio. Lo que una vez fue un piso de soltero austero y utilitario se ha transformado en un nido de amor acogedor, rebosante de calidez y carácter. Cada rincón cuenta una historia y no puede evitar sonreír ante los hermosos cambios que han convertido este apartamento en un santuario de comodidad y romance.

Se ve genial. Estoy ansioso por que lo vea.

Es la mañana de Navidad en el aeropuerto JFK. La terminal está vacía. Patrick está esperando cerca de la salida del reclamo de equipaje; su corazón se acelera ligeramente al pensar en volver a verla. Luego, su corazón da un salto cuando ve a Paola salir, rodando su gran maleta detrás de ella. Se apresura a saludarla. Se besan, se abrazan, dicen algunas palabras afectuosas y luego se besan de nuevo. Han pasado casi seis meses desde que se vieron en persona. Es casi surrealista estar en presencia del otro después de todo este tiempo.

Se quedan allí por un momento, saboreando la realidad. La tensión de estar separados durante meses finalmente se libera. Entonces Patrick toma su maleta y su mano y camina hacia la salida.

A primera hora de la tarde, Paola desempaca con entusiasmo toda su ropa, guardándola en los compartimentos de almacenamiento debajo de la cama y en la cómoda nueva. Paola no puede evitar sonreír mientras mira alrededor del apartamento, que los toques reflexivos de Patrick han transformado. La envuelve como en un abrazo agradable, haciéndola sentir innegablemente como en casa. A medida que se pone el sol, se reúnen para desenvolver regalos; la risa y la emoción llenan el aire. El aroma de una cena navideña festiva flota en la habitación, perfectamente complementado por las melodías atemporales de Frank Sinatra y Nat King Cole que suenan suavemente de fondo. En este momento mágico, Paola se siente como si hubiera entrado en una escena de una película romántica; la vibrante energía de Manhattan crea un telón de fondo que hace que todo resulte encantador. Está muy feliz y contenta de pasar esta Navidad con Patrick y Blue. Blue está encantada con su energía y aprovecha cada oportunidad para sentarse en su regazo.

Tienen una maravillosa semana de Navidad. Pasan una tarde viendo a los patinadores sobre hielo en Bryant Park, un viaje en metro a Brooklyn para disfrutar de la majestuosidad del extremo sur de Manhattan mientras el cielo nocturno se oscurece, y una tarde patinando en Central Park con la familia de Patrick. No importaba lo que hicieran. Simplemente disfrutaban de estar juntos. En compañía del otro, se sienten relajados y felices y no necesitan nada más.

Una tarde entre Navidad y Año Nuevo, Patrick y Paola caminan por Bleeker Street en Greenwich Village. Patrick ve una joyería al otro lado de la calle.

"¡Mira, mira! Look—una jewelry tienda."

Paola mira y ve que Patrick señala una joyería. Ella lo mira y sonríe.

"¿Estás seguro? Are you sure? Manhattan es caro. Expensive."

"Yes. I am sure."

Cruzan la calle; Paola lidera con entusiasmo el camino hacia la tienda. Patrick la sigue adentro.

Poco después, salieron de la tienda, tomados del brazo, ambos sonriendo ampliamente. Continúan por Bleeker Street, mirando los escaparates de las boutiques. Los ojos de Paola vagan mientras pasean y, de repente, se detienen, señalando con entusiasmo el letrero de la calle.

"¡Mira! Bradley Cooper vive en esta calle."

Patrick parece desconcertado.

98

"What? Bradley Cooper?"

Paula, ya en su teléfono, busca la dirección de Bradley Cooper que le dio el nigeriano. Después de unos momentos de búsqueda, mira hacia arriba, sonríe ampliamente y cruza rápidamente la calle. Patrick niega con la cabeza y la sigue, aún sin entender.

Caminan apresuradamente por la calle lateral más tranquila, bordeada de encantadoras casas de piedra rojiza. Paola se detiene frente a uno, claramente emocionada. Señala el edificio, casi rebotando sobre los pies.

"¡Mira. Aquí es donde él vive. Bradley Cooper lives here. ¡foto, por favor!"

Patrick, todavía un poco confundido, toma su teléfono y le toma un par de fotos frente a la casa de piedra rojiza. Ella sonríe mientras mira las fotos, claramente complacida.

"Perfecto. Me encanta."

Pero antes de que Patrick pueda decir algo, Paola, de repente, se da la vuelta y sube los escalones hacia la entrada principal del edificio. Patrick se congela por un segundo al darse cuenta de lo que está a punto de hacer. Paola comienza a mirar los nombres de los inquilinos junto a la puerta. Patrick gritando, medio riendo, medio preocupado.

"No. Paola! No. Do not ring her bell!"

Paola, sin mirar atrás, presionando desafiante el timbre.

"¿Por qué no?"

Patrick, sacudiendo la cabeza

"Paola, stop. Don't do this."

Paola, imperturbable, aparta el brazo y baja los escalones, mirando hacia la puerta del apartamento del sótano.

99

"¿Por qué no? Hay muchos scammers en Instagram. Él debe saber."

Paola se detiene al pie de los escalones, sin dejar de mirar la puerta del apartamento del sótano. Patrick se para ligeramente detrás de ella, todavía sacudiendo la cabeza, tratando de procesar el giro inesperado de los acontecimientos.

Entonces la puerta se abre con un crujido y una pequeña anciana, la madre de Bradley Cooper, emerge de las sombras. Mira a Patrick y a Paola; la confusión es evidente en sus rostros.

"Hola. ¿Puedo ayudarle?" sonriendo amablemente pero claramente desconcertada.

Patrick avanza levemente, dando un paso adelante, un poco incómodo.

"Hola. Encantado de conocerle."

Paola, en su tono más educado, pero un poco apresurada y emocionada por transmitir su mensaje en español.

"Hola. Encantada de conocerla. Solo quería que le hicieras saber a Bradley que hay muchos estafadores, scammers en Instagram, que se hacen pasar por él."

LA MADRE DE BRADLEY COOPER

La madre de Bradley Cooper mirando de Paola a Patrick, su sonrisa se desvanece ante la confusión.

"I don't understand what she's saying."

"Lo siento mucho. Ella dice que hay muchos estafadores en Instagram que se hacen pasar por tu hijo."

Los ojos de la anciana se entrecierran un poco mientras procesa la información. Patrick puede sentir que ella piensa que son solo otro par de fanáticos, demasiado entusiasmados, que han perdido el control de la realidad.

"Venga, sí," ella responde, sonriendo. "Él es consciente de eso. Gracias por hacérmelo saber. Encantada de conocerlos."

Se da la vuelta para volver a su apartamento sin decir otra palabra.

"Nice to meet you,too." Patrick responde, un poco avergonzado.

"Nice to meet you," Paola repite, confundida y claramente insatisfecha con la forma en que terminó la conversación.

Patrick agarra suavemente el brazo de Paola, apartándola.

"Come on, Paola. Let's go. Vamos."

Paola protestando y murmurando entre dientes.

"No entiendo. ¿Qué dijo ella?"

Poco después, Patrick y Paola se sientan uno frente al otro en una pequeña mesa junto a la ventana en un café de moda. Ambos se miran a los ojos, el momento cargado de una mezcla de afecto y tensión silenciosa. Patrick se inclina ligeramente, rompiendo el silencio con un ceño fruncido juguetón.

"¿Por qué, Paola? Why?"

Paola se encoge de hombros, sin molestarse, mientras toma un sorbo de café.

"Muchos scammers en Instagram."

"Sí, pero... ¡Su apartment!"

Paola, levantando una ceja, todavía indiferente, con una leve sonrisa.

"¿Por qué no? Son personas. Person. famosas. No. No. Tú eres tímido."

Patrick se inclina más cerca, girando el dedo índice cerca de su sien, como si tratara de hacer un punto.

101

"Tú eres impulsiva... and un poco loco."

Paolo se inclina aún más, sus ojos se cruzan con los de él, sonriendo con picardía.

"No. Me no loca. Impulsiva sí. Pero loca no."

Ambos se sonríen el uno al otro, con los ojos llenos de devoción y comprensión. Una carga eléctrica llena el aire cuando Patrick se inclina, lo que reduce la distancia entre ambos. Sus labios se encuentran en un beso suave y prolongado.

Cuando finalmente se retiran, hay una nueva cercanía; sus sillas se juntan mientras saborean el momento. Toman sorbos lentos de su café, se miran tímidamente el uno al otro y luego dirigen la mirada al bullicioso mundo que hay fuera de la ventana del café.

Más tarde esa noche, el estudio está iluminado únicamente por el árbol de Navidad y una lámpara de noche, creando un ambiente cálido e íntimo. Paola se sienta al final de la cama, Blue sentada a su lado, con los ojos llenos de anticipación y cariño. Patrick está arrodillado en el suelo frente a ella, sosteniendo una pequeña caja abierta con un delicado anillo en forma de flor. Presenta pétalos de color vino que rodean un pequeño diamante blanco en su centro.

Hay una pausa nerviosa y tierna antes de que Patrick se tose la garganta y se estabilice. Mira directamente a los ojos de Paola, con una voz tranquila pero llena de profunda emoción.

"Paola... ¿quieres casarte conmigo? Will you marry me?"

Una sonrisa se extiende por el rostro de Paola, su corazón se acelera mientras lo mira, su voz llena de pasión y emoción.

"Sí. Sí. Yes. Me casaré contigo."

Sin dudarlo, Patrick colocó suavemente el anillo en el dedo de Paola. Mientras desliza el anillo en su lugar, sus ojos se encuentran de nuevo, sin necesidad de palabras, solo el vínculo tácito entre ellos. Ambos sonríen, amplios y llenos de sentimientos, y luego se inclinan lentamente el uno hacia el otro. Sus labios se encuentran en un tierno beso. Después de unos momentos, Patrick se pone de pie lentamente y se sienta a su lado en la cama. Toma a Paola en sus brazos, envolviéndola en un tierno abrazo. Ella se acurruca contra él, apoyando la cabeza en su hombro; una sensación de paz y satisfacción irradia entre ambos. Reflexionan en silencio sobre el año que viene y las emocionantes posibilidades de una nueva vida juntos.

Es la noche de Nochevieja. El aire es fresco y está lleno del zumbido de la emoción. Central Park está lleno de miles de personas, todas reunidas en espera de los fuegos artificiales de medianoche. Patrick y Paola se abrieron paso entre la bulliciosa multitud; los ojos de Paola se iluminaron al ver una pequeña colina encantadora donde se habían reunido grupos de personas. Ansiosos por unirse a la diversión, ella y Patrick comenzaron su ascenso; cada paso los llenaba de anticipación.

Cuando finalmente llegaron a la cima, se reveló un lugar perfecto con un excelente punto de vista. Patrick sonrió mientras sacaba de su mochila una botella de champán, dos elegantes copas y una deliciosa caja de chocolates. El aire zumbaba de emoción mientras descorchaba la botella con un estallido satisfactorio; la risa bailaba entre ellos mientras las burbujas burbujeaban y fluían. Se sintió como una aventura, una que nunca olvidarían. Vierte el champán en dos copas y le entrega una a Paola. Chocan los vasos y toman su primer sorbo.

Se sientan, observan la animada escena, ven a pequeños grupos de amigos y familiares reír y charlar, y esperan ansiosamente los fuegos artificiales. La energía en el aire es contagiosa; el zumbido de la emoción aumenta a medida que el reloj se acerca a la medianoche. La multitud comienza a agitarse a medida que la gente se acerca a los espacios abiertos, de pie. Patrick y Paola hacen lo mismo: parados uno al lado del otro, ambos mirando ansiosamente al cielo, la emoción palpable en el aire. Comienza la cuenta regresiva; las voces de todos se elevan al unísono.

"¡Diez! ¡Nueve! ¡Ocho! ¡Siete...!"

Patrick y Paola intercambian una mirada rápida y emocionada mientras continúa la cuenta regresiva.

"¡Tres! ¡Dos! ¡Uno!"

A medianoche, el cielo explota de color. Los fuegos artificiales iluminan la noche en una exhibición deslumbrante: rojos, azules, verdes y dorados pintan el cielo. La multitud estalla en un frenesí jubiloso; una sinfonía de vítores, aplausos y gritos de emoción llena el aire mientras da la bienvenida al amanecer de un nuevo año. En medio de esta atmósfera vibrante, Patrick y Paola intercambian sonrisas radiantes, sus corazones rebosantes de pura alegría.

Se inclinan; sus labios se encuentran en un cálido beso de celebración, mientras los fuegos artificiales siguen estallando en lo alto. Los sonidos de los vítores llenan el aire, pero en ese momento son solo ellos, juntos, compartiendo la magia de la noche. Ambos se apartan un poco, sonriéndose el uno al otro.

"Happy New Year, Paola."

"Happy New Year, Patrick"

Durante los siguientes veinte minutos, la multitud está obsesionada con las explosiones de color en el cielo nocturno. Patrick y Paola se quedan maravillados, tomados de la mano en silencio, reflexionando sobre lo que traerá el nuevo año. A medida que el espectáculo de fuegos artificiales llega a su rugiente final, el cielo explota con un inmenso color y luz, y la multitud deja escapar otra ovación colectiva. A medida que desaparece la luz de los últimos fuegos artificiales, el cielo vuelve a su oscuridad natural.

Patrick continúa mirando al cielo nocturno. Le llama la atención que el cielo se vea mucho más oscuro ahora que antes de que el reloj marcara la medianoche. Por un breve instante, la inmensa oscuridad despierta en él un sentimiento siniestro, una inexplicable sensación de inquietud. Un susurro de presentimiento toca su corazón, como si la oscuridad sobre él fuera un presagio de lo que está por venir. Aparta la mirada, sacudiendo el pensamiento, y se vuelve hacia Paola. Comparten un momento, luego recogen sus cosas y bajan la colina junto con el resto de la multitud.

Capítulo 12

Es una tarde de finales de enero. Patrick está en su escritorio, la habitación iluminada por la luz de la lámpara y la ciudad a través de la ventana. Está trabajando por correo electrónico, respondiendo a las preguntas de los estudiantes sobre una próxima tarea. Suena su teléfono; está sentado en la otomana detrás de él. Se levanta para responderla.

Mira la pantalla: Paola. Es inesperado; generalmente es él quien inicia su llamada nocturna. Él responde rápidamente. Paola aparece en la pantalla con una expresión sombría y seria. Obviamente está agitada, mirándolo en silencio. Respira hondo y se sienta.

"Hola, Paola. ¿Cómo estás? Problema?" Preguntó en voz baja y con preocupación.

Paola duda antes de girar ligeramente la cámara, revelando su pecho y una gran cicatriz en la parte inferior del seno derecho. Ahora, Paola está agarrando suavemente algo en el costado de su seno izquierdo. Lentamente, comienza a hablar, con un temblor en la voz.

"Encontré un pequeño bulto aquí..."

Ella hace un gesto de un pecho al otro.

"Twenty años before, aquí, here... ahora, now, aquí... Oh my God."

Vuelve a girar el teléfono para mostrar su rostro, visiblemente angustiada. Sus ojos se llenan de lágrimas mientras mira a Patrick, esperando que lo tranquilice, pero por un largo momento no hay más que silencio entre ellos. Patrick está en estado de shock; su pecho se aprieta de preocupación, pero sabe que necesita responder, decir algo.

"Mi pobre Paola... ¿Tú necesitas un mammogram?"

Paola, entre lágrimas, tratando de calmarse.

"Sí. Yo sé... I know. Mañana... llamaré. Call tomorrow."

"Ok... bien."

Un pesado silencio se extiende entre ellos, denso e inflexible. Sus ojos permanecen cerrados, buscando, pero inseguros. La expresión de Patrick se oscurece; sus rasgos, grabados con tranquila preocupación, el peso de esa preocupación inconfundible en la quietud. Paola rompe el silencio, tratando de tranquilizar a Patrick.

"No concern. Es posible que no sea nada. Me siento bien. I no think es cancer."

"Yes... Hopefully. Espero."

De nuevo, el silencio, el peso del momento presionándolos. Patrick la mira; su corazón duele por ella. No hay nada más que puedan decir en este momento, incluso si pudieran hablar el mismo idioma. Después de unos momentos más, Paola bosteza, fingiendo cansancio.

"Estoy cansada ahora... Very tired. Talk tomorrow, mi amor."

"Ok. Hasta mañana. Lo siento, Paola...I'm sorry."

"No te preocupes. Don't worry. Estoy bien."

"Ok."

Comparten una leve y triste sonrisa antes de que termine la llamada.

Patrick se sienta mirando al vacío. Luego, se pone de pie de un salto y comienza a caminar por la habitación. Su mente se acelera; sus pensamientos chocan entre sí. Siente que se ahoga en su propia cabeza;

107

cada pensamiento lo hunde aún más. No puede respirar. No puedo pensar con claridad.

Su pecho se aprieta y el mareo comienza a aparecer. Deja de caminar; su cabeza da vueltas. Abrumado, camina hacia la cama y cae de nuevo sobre ella con un suave golpe. Se queda allí, mirando al techo. Blue se acerca y salta a la cama. Sin dudarlo, se sienta en el regazo de Patrick y lo abraza, intentando consolarlo. Patrick se acerca instintivamente. Acaricia lentamente el pelaje de Blue; la acción lo conecta a tierra mientras se hunde más en sus pensamientos, perdido en una mezcla de preocupación e impotencia.

Patrick permanece donde está, con el cuerpo cargado de pensamientos, hasta que el cansancio se apodera de él y cae en un sueño intermitente e incómodo.

Paola se hizo una mamografía al día siguiente. Los resultados llegaron al día siguiente. Había una alta probabilidad de que el bulto en el seno de Paola fuera maligno, por lo que se realizó una biopsia para asegurar el diagnóstico. Los resultados no se tendrían hasta dentro de tres o cuatro semanas. Paola estaba a cinco mil millas de distancia, pasando por esto sola. No podía consolarla como lo hacen las parejas normales, así que traté de hacerlo con lo único que tenía: mis palabras.

Hola, Paola. Debe de ser muy difícil y estresante para ti. Has pasado mucho tiempo esperando para saberlo con certeza. Sé que no hay nada que pueda decir para consolarte mientras tanto. Tienes mi corazón y mi amor. Lo mejor es centrarse en lo positivo y en nuestros planes para el futuro hasta que conozcamos los resultados de la biopsia. Sé que para ti es más fácil decirlo que hacerlo. Envía un mensaje de texto o llama en cualquier momento.

Por favor, no dejes que tus pensamientos te abrumen con tristeza y desesperación. Los bultos a menudo no son cancerosos y el bulto con líquido suele ser solo un quiste. Confía en tu instinto original: no estás enferma. Estás cansada de cuidar a tu madre y duermes mal. También estás deprimida, lo que te hace sentir cansada. El universo

108

te trajo a mí por una razón. No te alejará de mí tan pronto. Trata de mantenerte positiva y distraerte de ello. Te quiero muchísimo. Por favor, no caigas en la desesperación.

Eres mi ángel... Te quiero con todo mi corazón... Hermosas palabras... Gracias por amarme y protegerme, un fuerte abrazo desde el alma.

Los siguientes días y semanas fueron muy estresantes, esperando a que Paola se hiciera la biopsia y luego a los resultados. Paola compartía sus pensamientos y temores, y yo empatizaba lo mejor que podía. Sin embargo, también tratamos de mantenernos enfocados en el futuro que habíamos imaginado. Íbamos a construir nuestras vidas juntos, sin importar los obstáculos que se interpusieran en nuestro camino. Planeaba volar a Chile durante las vacaciones de primavera para asistir a una ceremonia de boda simbólica. Había incertidumbre sobre si Paola podría regresar conmigo a Nueva York para la ceremonia oficial de la boda. Sin embargo, Paola estaba decidida a hacerlo, si era posible.

Continuamos compartiendo nuestras canciones, videos, películas, documentales y citas favoritas. Durante una parte dolorosa de su vida, Paola había encontrado consuelo en la meditación y en las palabras de un líder espiritual indio. Ella compartió algunas palabras sabias sobre el poder de la danza.

Cuanto más bailas, más energía fluye y más puedes celebrar. La celebración es gratitud, una oración que surge de la gratitud. Es un desbordamiento de amor por la existencia. Solo bailemos.

Realmente me gusta esa filosofía. Encaja con la mía. Solo bailemos. Me recuerda a una canción de Leonard Cohen. Espero con ansias Dancing to the End of Love contigo.

La estoy escuchando ahora.

Febrero se deslizó silenciosamente en la memoria, pero Paola permaneció suspendida en la incertidumbre, aun a la espera del veredicto de su biopsia.

Una mañana a principios de marzo, se acerca a su apartamento; acaba de regresar del supermercado. Suena su teléfono, así que se detiene para sacarlo del bolso. Mientras escucha, su rostro se vuelve grave y pálido. Ella agradece en silencio a la persona por llamar, deja su bolsa de compras y se apoya contra la cerca de la entrada de su complejo de apartamentos. Sus ojos se llenan de lágrimas mientras está sola, mirando al vacío. Se toma un momento, se seca los ojos con el dorso de la mano y recoge su bolsa de compras. Saca las llaves de su bolsillo, abre la puerta de entrada y camina por el camino solitario hasta su edificio de apartamentos.

El viernes 3 de marzo, el día antes del cumpleaños de Paola, el médico le informó que, casi con certeza, tenía cáncer. Lo sabrían con certeza cuando llegaran más resultados de las pruebas el lunes siguiente. En la noche de su cumpleaños, poco antes de salir a una celebración con amigos, Paola le envió un mensaje de texto a Patrick. Había investigado un poco sobre las pruebas adicionales que le realizaron. Patrick, estacionando una Citi-Bike cerca de su apartamento, escucha el pitido de su teléfono en el bolsillo. Lo saca y ve el mensaje de Paola.

Me enteré de las pruebas que me hicieron y son para personas con cáncer.

Patrick tiene una expresión grave mientras escribe su respuesta.

Me entristece oír eso. Con suerte, lo detectaron a tiempo y podrán extirparlo mediante cirugía y tratamiento. Sé que te someterás a cirugía y terapia sola, pero estaré allí para ti en todo lo que pueda. El universo me eligió para estar contigo en este momento por una razón. Yo soy tu ángel, tu amor y tu luz. Intenta quitártelo de la mente y disfruta de la noche con tus amigos. ¡Feliz cumpleaños, mi amor!

Eres un ser maravilloso... Lleno de luz... Gracias.

Más tarde esa noche, después de que se haya puesto el sol, Patrick y Sal están patinando por Skater's Road a la luz de las lámparas del parque, a la luna en el cielo y a la música suave. Están solos, excepto por la persona ocasional que pasea a su perro o da un paseo nocturno. Como

110

vecinos cercanos, a menudo van a patinar juntos tranquilamente, en una comunión de dos. Bailan y patinan en silencio, dejando que el poder curativo de rodar planche el estrés de la vida cotidiana. Sal, que vive y cuida a su madre de 102 años, tiene que lidiar con su propio estrés. Para el observador, pueden parecer despreocupados, pero la realidad es que simplemente están calmando su ansiedad y su dolor de la mejor manera que saben.

Patrick decide tomarse un descanso y patina hasta el banco. Levanta su teléfono y ve un mensaje de Paola con un video adjunto. Hace clic en "reproducir". En el video, Paola baila con sus amigos. Sus ojos están cerrados mientras baila en un mundo propio. Puede ver la ansiedad y el dolor en su rostro, sonriente, aliviado por la alegría y el poder curativo de la danza. Él intuye que, desde la infancia, el baile le ha permitido escapar del monstruos que lleva dentro y la hace sentir libre.

Cuando termina el video, le da un emoji de corazón y guarda su teléfono. Sonríe ampliamente mientras se levanta del banco para volver a patinar con Sal.

De hecho, bailamos para celebrar, pero también podemos bailar para aliviar nuestra ansiedad y nuestro dolor. El lunes, el médico confirmaría lo que ya sabíamos. Paola tuvo cáncer de mama por segunda vez. Sin embargo, esta noche bailaremos. En una semana, estaremos juntos. Otra vez.

Capítulo 13

Patrick sale de la aduana del aeropuerto de Santiago para encontrar a Paola esperándolo en un café cercano. Su rostro se ilumina en el momento en que sus ojos lo encuentran. Se encuentran en un tierno beso; su abrazo, impregnado de afecto y de la calidez de su amor. Paola toma la cara de Patrick entre sus manos y lo mira intensamente a los ojos.

"Lindo. Te amo. I love you."

"I love you."

Se toman de la mano y comienzan a caminar hacia el estacionamiento.

La carretera a Viña del Mar serpentea por el paisaje chileno escarpado, entre acantilados y montañas imponentes que llenan el horizonte. Patrick se sienta en el asiento del pasajero; su mirada se fijó en la vista exterior. Su mano descansa sobre la palanca de cambios, sus dedos suavemente entrelazados con los de Paola. Ella conduce; su enfoque está en el camino por delante, pero de vez en cuando lo mira con una sonrisa sutil.

Patrick está paralizado por el paisaje accidentado que lo rodea. Dondequiera que mire, hay montañas. No hay casas. No hay tierra cultivable. Solo montañas. Le recuerda a Patrick la costa oeste de Irlanda, donde, al crepúsculo de la mañana, las montañas adquieren un carácter mágico. El tipo de paisaje que inspira a un poeta o escritor a poner la pluma sobre el papel.

El amanecer se rompe lentamente a medida que se acercan a las colinas en las afueras de las ciudades gemelas de Valparaíso y Viña del Mar, dos ciudades costeras enclavadas frente al océano Pacífico. La vista se extiende ante ellos, impresionante, mientras el camino serpentea por las colinas. A lo lejos, las brillantes olas del océano chocan con suavidad contra la costa rocosa.

A medida que el automóvil se acerca al complejo de apartamentos de Paola, las calles están flanqueadas por restaurantes, panaderías, cafés y edificios de apartamentos, entrecruzados con hermosas casas antiguas con techos de teja roja. A esta hora temprana, persiste una suave quietud que le da al vecindario un encanto tranquilo y sin pretensiones. Patrick, sonriendo levemente, mirando por la ventana del auto.

"It is beautiful here. Bonita aqui!"

Paola le devuelve la sonrisa, con un toque de orgullo en la expresión, y guía lentamente el auto por la rampa hasta el estacionamiento subterráneo.

Paola abre la puerta del apartamento y Patrick la sigue, enrollando su maleta y sosteniendo una caja de chocolates. Los sonidos de un zumbido de televisión a todo volumen provienen del pasillo.

"¡Mamá... Mamá!" Paola grita.

Pasan unos momentos. Finalmente, Carmen, la pequeña madre de Paola, de poco más de ochenta años, sale de su habitación. Camina por el corto pasillo hacia ellos, de pie cerca de la entrada de la cocina. Patrick, con una sonrisa cálida y amistosa, se adelanta para saludarla.

"Hola. Encantado de conocerte. Nice to meet you!"

Carmen le sonríe cálidamente, claramente emocionada por conocerlo y aprovechar la oportunidad de practicar su inglés. Estudió con monjas inglesas en la escuela secundaria, pero eso fue hace muchas lunas.

"Nice to meet you, too! How are you?" ella responde con orgullo.

Patrick sonríe, encantado por su intento, y responde con amabilidad.

"I am good. How are you?"

113

"I am fine."

Patrick le entrega la caja de chocolates.

"For you."

Los ojos de Carmen se iluminan de inmediato. Le encanta el chocolate, un rasgo que le transmitió a su hija. Su rostro estalla en una sonrisa encantada.

"For me. Thank you. Gracias."

"You're welcome."

Si sonríen el uno al otro por un momento, se forma una conexión silenciosa pero genuina. Hay un entendimiento tácito entre ellos: se gustan y eso es suficiente por ahora. Paola, al observar la interacción, sonríe para sí. Ella hace un gesto hacia el dormitorio, indicándole a Patrick que es hora de dirigirse a su habitación. Patrick asiente una vez más, sonriendo con respeto mientras agarra su maleta para seguir a Paola a su habitación. Mientras él se aleja, Carmen aprovecha una última oportunidad para hablar en inglés.

"See you later!"

"See you later!" Patrick responde, sonriendo cálidamente.

Carmen se da la vuelta y entra en la cocina, tarareando una melodía ligeramente para sí. La puerta de la habitación de Paola se cierra suavemente detrás de ellos. Patrick abre la cremallera de su maleta y comienza a desempacar apresuradamente. Paola se pone un pijama cómodo. Patrick hace lo mismo. Una vez que ambos están cómodamente vestidos, se suben juntos a la cama. Él levanta las sábanas y la rodea con el brazo, acercándola. Paola, con la cabeza apoyada en el pecho de Patrick, deja escapar un profundo suspiro de satisfacción. Se acurrucan más cerca; la comodidad de la presencia del otro hace que el ruido del televisor parezca lejano y sin importancia. Pronto se quedan dormidos.

Al final de la tarde, Paola lleva a Patrick a visitar la sección histórica de Valparaíso. Una vez que fue un gran puerto, antes de la construcción del Canal de Panamá, gran parte de la ciudad había conocido días mejores. Desde las laderas de la sección histórica de la ciudad, la majestuosidad del casco antiguo aún se evidenciaba en la arquitectura de los edificios y en las grandes casas pintadas en una variedad de hermosos colores. ¡Una joya de la corona de Chile (y de Sudamérica) que se dejó caer en tal deterioro! Caminan por las calles empedradas, llenas de turistas, restaurantes y tiendas de recuerdos. Navegan por los artículos expuestos en los puestos exteriores. Disfrutan de la vista del mar y del tranquilo puerto de Valparaíso en su orilla. Valparaíso significa «Valle del Paraíso». ¡Un paraíso perdido!

El sol de la mañana brilla intensamente, bañando el exuberante paisaje verde con calidez mientras el automóvil acelera por la carretera hacia la ciudad de Olmué. Las colinas onduladas y los extensos campos de verde vibrante le recuerdan a Patrick el paisaje irlandés.

Andreas, vestido con un traje, está concentrado en el camino por delante. A su lado, Patrick se sienta en el asiento del pasajero; su mirada se desplaza entre el paisaje que se despliega y las personas que lo rodean. En el asiento trasero, Daniel y Paola están impecablemente vestidos. Daniel, con un traje juvenil, y su madre, vestidos con un impresionante vestido de novia blanco que exudaba elegancia y gracia.

Patrick está conversando con Daniel, que habla un inglés perfecto. Paola mira de Daniel a Patrick, con su sonrisa radiante. Desea, solo por un momento, entender lo que están diciendo. Sin embargo, la alegría que siente al verlos conectarse es más que suficiente para llenar su corazón de satisfacción y orgullo. Ella los ve hablar, sonriendo para sí, sabiendo que el vínculo entre ellos se está formando sin esfuerzo.

Después de una hora de viaje, el automóvil de Andreas retumba lentamente por un camino estrecho hacia el área de estacionamiento trasera del restaurante. A unos 150 metros de la parte trasera del restaurante, se encuentra una hermosa estructura de madera en forma de cobertizo abierto, donde se llevará a cabo la ceremonia simbólica. Parece pacífico, casi sagrado, a la luz de la tarde. Algunos invitados ya están allí, vestidos con atuendos semiformales, charlando tranquilamente entre sí.

Andreas aparca el coche. La fiesta de bodas sale, se arregla el atuendo y comienza a caminar hacia la estructura. A medida que avanzan, otros autos se detienen en la parte trasera del restaurante detrás de ellos.

Los invitados continúan llegando, estacionando sus autos y caminando hacia la estructura de madera. Las risas y la conversación llenan el aire mientras los invitados se abrazan, se saludan y se mezclan. Los ojos de todos están puestos en Patrick y Paola. El ambiente es cálido y festivo. Cuando llegan los últimos invitados, el Maestro de Ceremonias [MC] da un paso adelante y guía a Patrick, Paola, su madre, sus dos hijos, sus dos hermanos y su hermana hasta una mesa cercana, cubierta con un mantel blanco y con velas encima. El MC hace que Patrick y Paola tomen sus posiciones, junto con el resto de la familia. Los invitados caen en un silencio respetuoso, a la espera. El MC le entrega a Patrick una hoja de papel con una traducción de lo que planea leer. Llama la atención de todos; los invitados permanecen en silencio y comienza la ceremonia.

"La hemos reunido hoy en este hermoso escenario para presenciar la unión de Patrick y nuestra querida Paola. Me gustaría comenzar leyendo un poema del renombrado poeta neoyorquino Walt Whitman titulado "No lo dejes"."

"No dejes que el día termine sin haber crecido un poco, sin haber sido feliz, sin haber aumentado tus sueños. No dejes que el desánimo te venza. No dejes que nadie te quite el derecho a expresarte, que es casi una obligación. No renuncies al deseo de hacer de tu vida algo extraordinario. No dejes de creer que las palabras y la poesía pueden

116

cambiar el mundo. Pase lo que pase, nuestra esencia permanece intacta. Somos seres apasionados. La vida es un desierto y un oasis. Nos derriba, nos lastima, nos enseña. Nos hace protagonistas de nuestra propia historia. Aunque el viento sopla en contra, el poderoso trabajo continúa: puedes contribuir con una estrofa. Nunca dejes de soñar, porque en los sueños, el hombre es libre.

Disfruta del pánico que te causa la vida que tienes por delante. Vívela intensamente, sin mediocridad. Piensa que el futuro está en ti y afronta esa tarea con orgullo y sin miedo.

No dejes que la vida te suceda sin que la vivas."

Cuando ha terminado su lectura, el MC le indica a Patrick que ahora puede leer los votos que ha preparado. Saca los votos del bolsillo interior de su abrigo y se los entrega a Matías, el hermano menor de Paola, que está a su lado. Matías escanea rápidamente los votos y se los devuelve a Patrick, quien se detiene por un momento; su mirada se encuentra con la de Paola, mientras comienza a leer sus votos en voz alta. En cada pausa, Matías traduce lo que Patrick ha dicho. Los invitados se sienten atraídos y escuchan atentamente; muchos de ellos están visiblemente conmovidos y claramente impresionados por sus palabras.

Después de leer sus votos, Patrick y Paola se inclinan para darse un beso tierno y afectuoso. Los invitados estallan en aplausos; sus vítores resuenan en el aire libre. El aire está cargado de emoción, una ola de sentimiento que inunda a la familia y a los amigos reunidos. Cualquier duda persistente que pudieran haber tenido sobre el profundo amor de Patrick por su querida Paola se desvaneció en un instante, barrida por el poder y la naturalidad de sus sinceras palabras, así como por el profundo sentimiento que irradiaban ambos.

Una vez que los invitados se calman, el MC pronuncia unas palabras finales. La ceremonia simbólica está completa: Patrick y Paola se besan de nuevo con más aplausos y vítores. Los miembros de la familia se abrazan y la música comienza mientras Patrick y Paola bailan por primera vez. Los invitados se reúnen alrededor, observando con asombro cómo la pareja se mueve en perfecta armonía, sus pasos guiados por el amor. Para los espectadores, no es solo un baile; es una declaración de amor. El amor entre Patrick y Paola se extiende entre la multitud. Hay más baile entre los miembros de la familia antes de que todos se dirijan a la zona de asientos al aire libre en la parte trasera del restaurante. Largas mesas están dispuestas bajo el cielo azul abierto, con los exuberantes verdes de la montaña que llenan el fondo.

A medida que avanza la festividad, los invitados comienzan a deambular por el área de asientos, seleccionando ansiosamente sus mesas y sus compañeros. La atmósfera vibra de emoción mientras las risas y los cálidos abrazos llenan el aire; lo que comenzó como una celebración se ha convertido en una alegre reunión de la familia Castillo, uniendo a sus seres queridos bajo un mismo techo. Se saludan como hermanos perdidos hace mucho tiempo, riendo y abrazándose. El ambiente en cada mesa es íntimo, alegre y vivo con historias y recuerdos compartidos.

En la mesa principal, Patrick se acomoda junto a Paola y su familia inmediata. Inhala profundamente, claramente empapado del momento. Matías se inclina y le susurra a Patrick.

"Deberías decir unas palabras."

Patrick entre risas, sacudiendo la cabeza.

"No planeaba un discurso, Matías..."

"Precisamente por eso será perfecto."

Matías se pone de pie y toma un micrófono cercano, golpeándolo ligeramente.

"¡Atención a todos! Patrick quiere decir algunas palabras."

Una suave ola de vítores se extiende por la multitud mientras los invitados dirigen la atención a la mesa principal. Patrick se pone de pie, un poco tímido, pero sonriendo. Matías le entrega el micrófono. Habla desde el corazón.

"Como pueden ver, estoy aquí solo sin amigos ni familiares."

Un suspiro de empatía silencioso recorre la multitud, suave y comprensivo. Con una oleada de confianza, la voz de Patrick aumenta de intensidad y domina la sala con nueva energía.

"Sin embargo, hoy se han convertido instantáneamente en mis amigos y familiares."

La multitud estalla en vítores y aplausos. El momento llega a casa: la sinceridad de Patrick, su franqueza, y responden con un fuerte aprecio. Los ojos de Patrick encuentran a Paola a su lado.

"Gracias por acompañarnos, a mí y a Paola, para celebrar nuestro amor. Estamos muy felices de compartir nuestro amor con ustedes en este hermoso entorno."

Más aplausos, más fuertes esta vez. Muchos invitados se levantan y aplauden con las copas alzadas. Patrick se sienta, visiblemente conmovido. Paola le toca suavemente la mano; sus ojos brillan de afecto. La celebración continúa, con un sentido de conexión más profundo que ahora late en la multitud. La unión de dos personas ha provocado algo más grande: una unión de familias, culturas y corazones.

La fiesta continúa, extendiéndose hasta la tarde y la noche, infundida con risas contagiosas y el tintineo melódico de las copas. Las voces bailan en el aire, entrelazando historias y alegría, creando un tapiz vibrante de celebración.

Patrick se recuesta en su silla por un momento de tranquilidad, dejando que todo lo inunde. Mira hacia el cielo azul claro, luego, a través de las exuberantes colinas verdes, a la hermosa pintura que tiene ante él. Sus ojos se posan en Paola, charlando alegremente con sus dos hijos; luego recorren los rostros de sus amigos y familiares, ahora su familia. Una suave sonrisa se extiende por el rostro de Patrick mientras una sensación de satisfacción afectuosa llena su corazón. En este momento de tranquilidad, se deleita con las alegrías simples de la vida.

El poder del amor para llenar un espacio y conectar a las personas. Cómo algo invisible, pero tan real, puede llenar a todos de alegría y felicidad cuando lo dejamos entrar. ¡Qué gente tan hermosa! ¡Qué hermoso día!

A primera hora de la tarde del día siguiente, la puerta del complejo de apartamentos se abre con un crujido y Patrick y Paola salen, cada uno tirando de una maleta grande, una rosa y otra azul. Un jeep está estacionado en la acera. En el asiento del pasajero delantero, Pamela saluda. Su novio, Juan, se sienta detrás del volante, con el motor al ralentí. Paola se sube al asiento trasero, sonriendo amablemente a su amiga. Mientras tanto, Juan sale para ayudar a Patrick con las maletas.

"Gracias por llevarnos. Realmente lo apreciamos."

"Por supuesto. Cuando quieras."

Levantan las maletas al maletero y lo cierran. Cuando Juan y Patrick entran en el jeep, Pamela se vuelve hacia Paola sonriendo y le sostiene en la mano una pequeña bolsa de regalo.

"Algo especial para que celebren en Nueva York. Desde Chile, con cariño."

Paola se asoma al interior: una botella de vino chileno especial. Ella levantó la vista, conmovida.

"Gracias, Pamela. Eso es muy dulce de tu parte."

"Gracias a ambos." Patrick añade con una sonrisa.

Pamela sonríe. Juan asiente con la cabeza mientras aleja el jeep de la acera y se dirige al aeropuerto.

Después de facturar su equipaje, Juan y Pamela los acompañaron a la entrada de seguridad. Pamela está muy emocionada por Paola y la abraza muchas veces mientras se despiden. Patrick los abraza a ambos mientras hacen la promesa de reunirse cuando Patrick regrese en julio.

Patrick toma la mano de Paola y caminan hacia el guardia de seguridad para mostrar sus pasaportes y tarjetas de embarque. Esta es la primera vez que vuelan juntos. Miran hacia atrás, una vez más, a Juan y a Pamela, sonriendo y saludando. Luego, atraviesan las puertas corredizas y desaparecen de la vista.

Capítulo 14

Patrick y Paola salen de su edificio de apartamentos en una soleada mañana de domingo. Cierran la puerta exterior de vidrio detrás de ellos y suben los pocos escalones hasta la calle. Se toman de la mano y se dirigen hacia West End Avenue. Caminan desde West End Avenue en 74th Street hacia Broadway, girando hacia Broadway para encontrar un gran puesto de flores frente a un supermercado. Escanean la selección de ramos. Casi al instante, un ramo se destaca para ambos de manera muy surrealista. Es como si estuviera pulsando, haciéndoles saber que soy la más hermosa aquí, la que estás buscando. Paola lo recoge, lo mira de cerca y, una vez más, mira a su alrededor a los demás ramos. Asienten con la cabeza y comparten una sonrisa tranquila y mutua. Este es el indicado.

Navegan por la sección de panadería del supermercado. Paola ve dos pasteles con glaseado rosa. Uno grande. Uno pequeño. Mira a Patrick y hace un gesto, señalando un pequeño pastel encima del grande. Él sonríe y asiente. Patrick recoge ambos pasteles y los coloca delicadamente en su canasta.

Más tarde esa mañana, poco antes del mediodía, Paola se sienta en el borde de la cama con su vestido de novia. Se mira en un pequeño espejo, maquillándose cuidadosamente a la luz del sol que entra por la ventana adyacente. Al otro lado de la cama, Patrick, ya en su traje, busca a tientas un poco mientras se ajusta la pajarita. En el suelo, a los pies de la cama, la maleta azul yace abierta; su contenido se derrama como fragmentos de una celebración secreta. Botellas de champán junto al vino chileno especial. Los platos con bordes dorados descansan junto a sus cubiertos y servilletas a juego. Ubicados en su interior, dos pares de patines brillan como símbolos de libertad y alegría; su brillo metálico capta la luz. Una caja de bengalas se esconde entre ellos. Apoyada suavemente contra la cama, una bolsa de transporte protege los pasteles de boda, cada uno envuelto en delicadas capas de tejido.

Suena el timbre del apartamento. Patrick cruza la habitación con entusiasmo y presiona el intercomunicador junto a la puerta del apartamento.

"¡Sal! Sube."

Abre ligeramente la puerta del apartamento, esperando, todavía buscando a tientas su pajarita. Unos momentos después, un golpe; luego, Sal interviene, lleno de energía y estilo. Lleva una camisa naranja, una corbata negra, una chaqueta azul audaz con coderas negras y elegantes gafas de sol negras. Una mirada que solo Sal podía lograr.

"Mírate, hombre. ¡Solo hay un Sal!"

Se abrazan como viejos amigos reunidos, apretados y llenos de significado. Paola se acerca con una sonrisa radiante, le besa la mejilla y le da un abrazo afectuoso.

"Te ves asombroso. You look amazing!"

"Tú también. You too más allá de lo impresionante."

Se demoran en la conversación y en la risa hasta que el momento se convierte naturalmente en una ráfaga de fotos y poses juguetonas. Paola brilla sola ante la lente, radiante y elegante; su sonrisa lleva gracia y picardía. Patrick se inclina hacia ella, mejilla con mejilla; su cercanía habla más de lo que las palabras podrían expresar. Con Sal, se vuelve vibrante y juguetona, su alegría amplificada por su energía. Patrick y Sal adoptan una pose seria y fingida que se disuelve casi instantáneamente en risas. Finalmente, los tres se aprietan para una gran *selfie*, con los brazos entrelazados y los rostros encendidos por la pura felicidad de estar allí, juntos en este día especial.

Pronto es hora de irse. Sal levanta la maleta azul del piso del apartamento, ahora cerrada y llena hasta el borde. Patrick recoge la bolsa con el pastel de bodas y la estabiliza con cuidado. Paola la sigue de cerca, levantando ligeramente el vestido para que no se arrastre y sosteniendo su ramo en la otra mano.

Un conductor de Uber pasa por el icónico edificio Dakota. El automóvil reduce la velocidad hasta detenerse en la entrada de Central Park en la calle 72. Es el primer hermoso día de la primavera. El parque está lleno de color y movimiento: ciclistas, corredores, familias y turistas empapados de calor. Grupos de taxis triciclos [bicitaxis] esperan en la entrada, adornados con banderitas y flores, listos para recorridos por el parque. La puerta de Uber se abre y Patrick, Paola y Sal salen. El conductor abre el maletero y ayuda a Sal a sacar la gran maleta azul. Patrick se acerca a uno de los taxistas del triciclo e intercambia algunas palabras.

Después de que el taxista y Patrick estén de acuerdo, Patrick ayuda a Paola a subir al taxi. Su vestido llena el asiento mientras se acomoda. El ramo descansa en su regazo. Se sube a su lado. Sal, parado cerca, rápidamente levanta su teléfono y toma algunas fotos de la pareja en el taxi, ambos sonriendo radiante, la pareja luciendo hermosa y elegante.

"¡Ustedes dos parecen de la realeza en ese carruaje!" sonriendo ampliamente mientras toma las fotos.

Da un pequeño saludo, luego agarra la maleta y comienza a caminar hacia Skater's Road. La cabina del triciclo comienza a rodar colina abajo y hacia el parque. Mientras conducen, los transeúntes se dan cuenta: algunos reducen la velocidad, otros sonríen, señalan ¡Y un saludo!

"¡Felicidades! ¡Hermosa pareja! ¡Ustedes dos se ven increíbles!"

A medida que la gente pasa, algunos saludan con entusiasmo, otros rompen en aplausos y muchos simplemente muestran cálidas sonrisas. ¡La energía contagiosa crea una atmósfera vibrante en todas partes! Patrick y Paola le devuelven el saludo, sonriendo y riendo nerviosamente. Se abrazan un poco más cerca. Se siente como si estuvieran en su propio carruaje real, saludando a la gente para echar un vistazo a los novios reales.

124

La cabina del triciclo reduce la velocidad y se detiene al pie de la colina en el extremo norte de Skater's Road. Patrick le entrega algunos billetes al taxista.

"Gracias. Ustedes dos me alegraron el día. Felicidades."

"Gracias y gracias por el viaje."

Patrick sale y se gira para ayudar a Paola a bajar, estabilizándola mientras se le levanta el vestido. En la cima de la colina, Skater's Road ya está lleno de música y de patinadores. La comunidad de patinadores ha salido con toda su fuerza, atraída por el primer día verdaderamente hermoso de la primavera.

Cuando Patrick y Paola comienzan a subir la colina, la gente se da la vuelta y se da cuenta. Todos los ojos están puestos en la elegante pareja.

"¡Se ven geniales! ¡Felicidades!"

Paola se sonroja, sonriendo y agradeciéndoles a cambio. Patrick sonríe y asiente a cada persona con la que se cruza. Zorzet, Joe y Jeff los ven y patinan colina abajo, con amplias sonrisas en los rostros mientras se acercan.

"¡Ahí están! ¡Las estrellas del día!" Zorzet dice con afecto.

"Te ves increíble, Paola," Jeff añade con sinceridad.

"Gracias Jeff."

Joe, cámara en mano.

"Ambos se ven maravillosos. ¡Vamos a tomar una foto!'

Posan con la pareja, con los brazos alrededor de los hombros del otro, y comparten sonrisas amistosas mientras se toman fotos por turnos. Otros patinadores y bailarines que Patrick conoce bajan para saludar a la pareja. Una atmósfera alegre comienza a crecer y se extiende

125

rápidamente a su alrededor. Una simple boda en el parque con algunos amigos cercanos se está convirtiendo orgánicamente en algo más.

Patrick y Paola llegan a la cima de la colina y entran al corazón del área de patinaje. Una ola de vítores y aplausos estalla entre la multitud reunida. Wayne, Kevin (de treinta y tantos años, estadounidense blanco, abogado, patines en patines), Evan y Michelle corren hacia adelante, todos sonriendo ampliamente, con los brazos abiertos. Michelle, elegante y brillante, se ha ofrecido como voluntaria para ser la maestra de ceremonias.

El grupo envuelve a la pareja con un gesto suave y acogedor.

Colina abajo, se ve a Sal arrastrando la gran maleta azul detrás de él. Pronto llega a la zona de patinaje.

"¿Me perdí los votos?" dice en broma.

Todos vitorean y ríen, corriendo para saludarlo. Choca los cinco, abrazos y palmaditas en la espalda por todos lados. Sal estaciona la maleta, la deja en el suelo y se queda de pie por un momento, empapándola por completo. El área de patinaje ahora está viva: la música suena desde el altavoz de Wayne. Los transeúntes se detienen para mirar. Los turistas toman fotos. Los padres giran sus cochecitos de bebé para que sus hijos experimenten esta escena única del parque.

Una novia vestida de blanco. Un novio con pajarita. Invitados en patines. Un mural. Música. Risa. Amar.

Solo en la ciudad de Nueva York.

A medida que continúan las festividades, Patrick ve a Bob, el fotógrafo a largo plazo de la escena del patinaje, colocando su cámara en el borde del área de patinaje. Patrick se acerca a él.

"Hola, Bob. ¿Puedo pedirte un favor?"

"Seguro. No hay problema. Felicidades!"

126

"Gracias Bob. Paola y yo planeábamos caminar por el parque antes de la ceremonia. Íbamos a pedirle a alguien que nos tomara algunas fotos en el camino. Sin embargo, si estás libre, significaría mucho que pudieras hacerlo."

"Sería un honor," él responde con una cálida sonrisa. "Mi regalo de bodas para ambos."

"Muchas gracias, Bob. Paola estará encantada."

Patrick regresa con Paola para informarle sobre su plan. Ella está encantada y se apresura a agradecerle a Bob con un abrazo cariñoso. Patrick, Paola y Bob comienzan a salir del área de patinaje y se dirigen hacia la vasta extensión arbolada conocida como The Mall. Bob avanza, cámara en mano, mientras Patrick y Paola pasean bajo los árboles arqueados. Su paso es pausado, empapado de la luz, de la suave brisa y de la alegría del día.

Clic. Clic.

Llegan al Bandshell; su telón de fondo curvo resuena con el recuerdo de los conciertos de verano. Paola se para en el centro, debajo del arco, mientras Patrick se une a ella de la mano.

Clic. Clic.

Descienden por la gran escalera hasta uno de los espacios más emblemáticos del parque: Bethesda Terrace. En su centro, la magnífica Fuente Bethesda brilla bajo el sol de la tarde. El Ángel de las Aguas, con la mano derecha extendida, mira hacia abajo en gracia eterna. Patrick y Paola se sientan en el borde de la fuente. Ella apoya la cabeza en su hombro.

Clic. Clic.

Bob se acerca y les muestra algunas tomas de la parte posterior de su cámara. Patrick y Paola sonríen.

"Son hermosos, Bob. ¡Gracias!"

"Muy hermosos. Very beautiful. ¡Gracias!"

"De nada."

"Nos encantan las fotos que has tomado. Estamos felices de regresar ahora."

"Está bien."

Mientras caminan de regreso al área de patinaje, con Bob a la cabeza, pasan junto a una pareja joven con una niña pequeña de unos cinco o seis años. Los ojos de la niña se iluminan al ver a Paola. Suelta la mano de su madre y corre hacia la pareja, golpeando suavemente la parte posterior del vestido de Paola.

Paola se gira, sorprendida, y luego mira a la niña con una cálida sonrisa. La niña, sonriendo con timidez a Paola, comenta con sinceridad.

"Eres bella. Pareces una princesa."

Los ojos de Paola se suavizan.

"Gracias, mi amor. Thank you, my love."

Mira a los padres de la niña, quienes sonríen, un poco divertidos. La niña entrecierra los ojos, pensando mucho; luego niega con la cabeza.

"No... Pareces una reina."

"Thank you, my love."

Patrick y Paola se miran, conmovidos. La observación de la niña tenía más importancia de lo que ella sabía. Una importancia que pronto se revelaría.

Los padres de la niña, sonriendo todo el tiempo, le indican a su hija que es hora de irse. Ella corre hacia atrás, tomando la mano de su madre.

Todos sonríen mientras se despiden. Bob, Patrick y Paola regresan al área de patinaje con sonrisas persistentes por la experiencia que acaban de vivir. La escena ha crecido: cada vez más patinadores y bailarines llenan el área de patinaje. La gente se mezcla libremente: amigos, extraños, jóvenes y viejos. Algunos en patines, otros bailando, todos moviéndose al ritmo de la música.

Lo que se planeó como una simple ceremonia entre un pequeño grupo de amigos ahora es mucho más que eso. Una boda popular. Una celebración compartida de lo que nos conecta a todos.

Conor y María llegan con una gran mesa plegable al área de patinaje. Son recibidos calurosamente por Patrick y Paola, quienes los presentan rápidamente a los demás invitados.

"Todos, estos son Conor y María, buenos amigos míos. ¡Trajeron la mesa!"

Estallan los aplausos. Más abrazos, más presentaciones. Neal, un amigo de la pareja y oficiante, llega poco después. Saluda a la pareja con un sincero abrazo, susurrando al oído de Patrick.

"¿Estás listo?"

Patrick ríe, respondiendo con confianza.

"Estoy listo. ¡Nunca más listo!

Sal y Patrick abren la maleta azul. Una por una, las botellas de champán se retiran y se colocan sobre la mesa. Paola saca con cuidado el pastel de la bolsa. María ayuda a Paola a armar el pastel pequeño encima del grande, creando así la visión. Coloca la botella de vino chileno al lado. Chris, un poco sin aliento, llega por fin.

"¡Arrepentido! ¡Tráfico!"

'Lo lograste. Eso es todo lo que importa."

Michelle, en sus patines y con el control en la mano, se desliza entre la multitud.

"¡Muy bien, todos, está sucediendo! ¡Encuentra un lugar! ¡La ceremonia está a punto de comenzar!"

Ella se acerca a Neal para discutir la ubicación.

"Estarás aquí, mirando hacia el sur. La multitud se reúne detrás de mí, mirando hacia el norte."

Se coordinan de forma rápida y natural: patinadores, bailarines, extraños, todos atraídos. La gente se organiza en un semicírculo; su curiosidad se convierte en reverencia silenciosa: la música corta. El área de patinaje está quieta. Más transeúntes en el camino principal se detienen, atraídos por el asunto único; algunos se unen al semicírculo. Paola está de pie junto a los bancos, agarrando su vibrante ramo, que se balancea entre sus manos.

Frente a ella, Patrick toma su posición frente a Neal, liberando un suave aliento que revela sus nervios. Una sonrisa tentativa parpadea en su rostro, insinuando una mezcla de emoción y anticipación. Se vuelve hacia Kevin, que está cerca del orador, y asiente. Kevin presiona "reproducir". Las notas iniciales de "Ave María" flotan en el aire, suaves, elevadas y sagradas. Un silencio cae sobre la multitud. Todos los ojos se vuelven hacia Paola, de pie cerca de los bancos, bañada por la luz de la tarde. Ella está quieta, radiante, con un ramo en la mano. La música la llena. El momento la abruma. Se va a casar con el hombre de sus sueños en la ciudad de sus sueños. Paola no se mueve al principio, con los pies plantados, balanceándose ligeramente, como si el suelo la mantuviera en su lugar. Las lágrimas llenan sus ojos. Las lágrimas le llenan los ojos a Patrick mientras la observa. La multitud está en silencio, sintiendo la intensidad emocional del momento.

Finalmente, inhala profundamente; su cuerpo se ablanda y comienza a caminar, con un paso lento y emocional a la vez. Cada paso lleva el peso del amor, de años de dolor y angustia, del viaje que la trajo aquí. A medida que se acerca, Patrick le alcanza con cuidado la mano. Sus dedos se encuentran, estabilizándose, conectándose a tierra. Se inclinan y comparten un suave beso. Luego, se acomodan y se vuelven hacia Neal. Después de unos momentos, cuando la multitud está quieta, Neal comienza a hablar.

"Estamos reunidos aquí, en este hermoso día de primavera, en Central Park, para presenciar la unión de Patrick y Paola."

Neal sigue con un verso estándar que se canta en todas las bodas mientras mira a la novia y al novio. Luego se dirige a la reunión.

"Ahora, a Patrick y Paola les gustaría tomarse un momento para intercambiar sus votos."

Patrick mete la mano en el bolsillo de su chaqueta y saca una hoja de papel doblada. María se acerca en silencio para pararse a su lado, lista para traducir.

"Paola, nunca fueron necesarias las palabras para expresar nuestro amor, porque no hay palabras para describir el amor que compartimos."

"En un encuentro casual en la ciudad de Nueva York, recibimos el regalo de un amor profundo y místico."

"El tipo de amor que nos da la fuerza para superar cualquier obstáculo que la vida nos depare."

"Paola, tú eres mi reina y yo soy tu rey."

La multitud vitorea, aplaudiendo y riendo alegremente.

"Espero amarte todos los días por el resto de mi vida."

Patrick se inclina y besa a Paola, un beso intenso, lleno de profundidad y de reconocimiento del amor que comparten. La multitud estalla de nuevo, esta vez más fuerte: vítores, silbidos, aplausos. María se mueve para pararse al lado de Paola. Paola, sin notas ni preparación, habla directamente desde su corazón.

"Estoy muy feliz de estar aquí hoy con todos ustedes, casándome con este hermoso hombre a quien amo tanto."

Se gira hacia la multitud detrás de ella.

"Espero que todos ustedes se conviertan en mis nuevos amigos.

Se vuelve hacia Patrick, con los ojos suaves y llenos.

"Estoy tan feliz."

La multitud estalla en vítores y aplausos una vez más. Una vez que los vítores disminuyen, Patrick y Paola se vuelven a girar para enfrentar a Neal.

"Ahora... ¿puedo tener los anillos?"

Neal dice algunas palabras más antes de pedirle a la pareja que haga sus promesas mientras se colocan los anillos en los dedos. Una vez que se han cumplido sus promesas, Neal pronuncia sus últimas palabras para hacerlo oficial.

"Patrick y Paola. Por el poder que me confiere el Estado de Nueva York, declaro ahora a los declaro marido y mujer."

La multitud estalla en aplausos y vítores cuando Patrick y Paola se vuelven el uno al otro y comparten un beso profundo y sincero. En el fondo, Kevin presiona para reproducir. "Dance Me to the End of Love" comienza con su melodía inquietante y mística, tejiendo el aire primaveral. Ahora, en el centro de la zona de patinaje rodeados por la multitud, Patrick y Paola comienzan a moverse por separado, lenta y soñadoramente, dejando que el ritmo los guíe. Todos los ojos están puestos en la pareja. Cuando comienza la letra, se encuentra la mirada. Sus manos se estiran. Comienzan a bailar un vals de salón suave e improvisado, elegante e íntimo. La multitud se reúne más cerca, formando un círculo suelto a su alrededor. Sus movimientos fluyen en armonía con la música: tiernos, genuinos y alegres.

Paola, que nunca es demasiado sentimental, le pasa a Patrick a Zorzet con una sonrisa juguetona. Al mismo tiempo, Evan se abalanza para tomar la mano de Paola y giran juntos, riendo. Otras parejas siguen su ejemplo. Bailarines, patinadores, amigos y extraños, todos se unen. Cuando la canción llega a su fin, la multitud vitorea y aplaude una vez más con deleite. La música cambia a "Celebration" de Kool and the Gang y comienza la celebración.

Los bailarines bailan. Los patinadores patinan. Los observadores observan, sonriendo y balanceándose al ritmo de la música. Las botellas estallan.

El champán y el vino chileno se sirven y se pasan como parte de la comunión en una celebración de amor. Todos sienten el amor y la autenticidad de todo el asunto. El compartir el amor de Patrick y Paola, el uno por el otro, con amigos y extraños por igual. Una alegre reunión en Central Park. Como Olmstead soñó una vez, era un lugar para la gente, para la alegría y la celebración.

En la mesa improvisada, el pastel de bodas se erige orgulloso, adornado con amor y creatividad. Patrick y Paola están de pie en la mesa, esperando. María y Michelle reúnen a la multitud, instándola a reunirse. La pareja toma el cuchillo de corte y corta el pastel. La multitud vitorea y aplaude. Pronto, están trabajando juntos: cortando y emplatando rodajas y pasándolas. Los amigos ayudan: Zorzet, Kevin y Evan, asegurándose de que todos reciban una pieza. La celebración continúa hasta el final de la tarde: risas, bailes, conversaciones por todas partes.

En el borde del área de patinaje, Patrick y Paola se sientan uno al lado del otro y se atan los patines. Aprietan los cordones, ajustan el equilibrio y se ponen de pie. Paola se alisa el vestido, sosteniendo su ramo en una mano y la mano de Patrick en la otra. Se empujan de la mano. Los vítores estallan en la multitud cuando comienzan a patinar juntos, lentamente al principio, riendo mientras se adaptan al ritmo de la música. Luego se liberan. Paola gira hacia el otro lado del área de patinaje, mientras Patrick se desliza hábilmente en la dirección opuesta. Cada uno se mueve libremente ahora, patinando en su propio estilo. Se sonríen desde el otro lado del área de patinaje.

Las celebraciones continúan mientras el sol de la tarde cae detrás de los altos edificios del lado oeste de Manhattan. El estado de ánimo ha cambiado: todavía alegre, pero más sereno. El parque, que alguna vez fue bullicioso, se ha vuelto silencioso. Solo queda el grupo principal de invitados. El cielo se ha vuelto azul profundo, desvaneciéndose en negro. De la maleta azul, alguien saca la caja de bengalas. Wayne y Evan comienzan a repartirlos, con sonrisas infantiles en los rostros. Una por una, las bengalas florecen en la luz, llamas danzantes en alto.

El grupo forma un círculo en el centro del área de patinaje. Paola levanta su bengala. Patrick hace lo mismo. Los demás siguen: Kevin, Michelle, Sal, María, Conor, Zorzet, Wayne, Evan, Nina, Benny, todos radiantes. El círculo de amigos comienza a bailar y tararear al ritmo de la música, rodeado por el resplandor de las bengalas, la luz de la luna y los altos edificios de la ciudad que rodean el parque. Desde la distancia, un anillo de luz brillante se arremolina en la oscuridad. Una pequeña y radiante celebración del amor, sostenida en alto contra el vasto cielo nocturno.

La última de las bengalas parpadea y brilla al inicio de la fiesta de bodas. Wayne, siempre el DJ, mantiene la música sonando. La risa y la conversación flotan en el aire fresco de la noche. Todavía sosteniendo sus bengalas, el grupo comienza a caminar juntos por el sendero, dirigiéndose hacia el este, hacia The Mall. El círculo de amigos desaparece lentamente en la noche. Sus voces comienzan a desvanecerse como las últimas notas de una canción: el final de otro hermoso día en Skater's Road

Capítulo 15

Una tarde de principios de abril, justo después de regresar a Chile, Paola se encontró apoyada en la cama, con los dedos tocando el teléfono mientras escribía un mensaje a Patrick. Mientras tanto, en la Universidad de Columbia, Patrick caminó hacia la puerta de salida, inmerso en sus pensamientos. De repente, su teléfono sonó, llevándolo de vuelta al momento. Lo sacó de su bolsillo para leer un mensaje de Paola y se sentó en un banco cercano.

Hola Patrick. Tomé mis exámenes y salieron bien. No tengo células cancerosas en ninguna otra parte de mi cuerpo. Mañana me haré otra prueba, más específica, sobre el tipo de cáncer de mama que tengo. Una vez que tenga todas las pruebas, el médico me verá en aproximadamente dos semanas. Lo bueno es que encontré mi historial de pruebas de hace 20 años... El médico me los pidió. Estoy seguro de que todo estará bien.

Estoy muy feliz de escuchar eso. Sí, de una forma u otra, todo estará bien.

El sol de la tarde brilla cálidamente sobre Valparaíso mientras Paola espera en el concurrido hospital, sintiendo una mezcla de emoción y nerviosismo. Ella juguetea con su teléfono, ansiosa por comunicarse con Patrick, quien probablemente en este momento esté disfrutando de un almuerzo tranquilo en su apartamento. Captar su atención con un mensaje de texto breve se siente como un salvavidas, una forma de cerrar la brecha entre sus mundos en este momento.

Estoy en el hospital. Estoy esperando los resultados de la prueba para ver qué tipo de cáncer de mama tengo.

¡Espero que todo te vaya bien en el hospital hoy! Mi corazón siempre está contigo.

Gracias.

A medida que se acercaba la noche, Patrick se acomodó en su sillón, con un libro en el regazo. A pesar de las palabras en la página, su mente estaba en otra parte, vagando ansiosamente hacia Paola y hacia su visita al médico. Miró su teléfono; la ansiedad, grabada en su rostro, se profundizaba con cada minuto que pasaba. Con una mezcla de preocupación y determinación, decidió comunicarse con ella y enviarle un mensaje de texto, con la esperanza de recibir buenas noticias.

Hola, Paola. ¿Qué tenía que decir el médico? ¡Avísame cuando tengas tiempo!

Paola yacía inquieta en la cama; sus pensamientos giraban en espiral como las sábanas enredadas a su alrededor. Con un profundo suspiro, dio vueltas y vueltas; la frustración aumentaba mientras intentaba dormir. En ese momento, el suave ping de su teléfono rompió el silencio.

Buscó su teléfono en su mesita de noche mientras leía las palabras de Patrick; una mezcla de emociones la inundó. Se sentó lentamente; el brillo de la pantalla iluminó su rostro y comenzó a escribir su respuesta.

Hola, mi querido esposo... Estaba tratando de dormir, pero no podía... Los resultados de las pruebas regresaron hoy y dijeron que tengo cáncer triple negativo, la forma más agresiva del cáncer de mama. Recibiré seis sesiones de quimioterapia cada tres semanas. Luego, un mes para recuperarme antes de operarme. Luego, tras recuperarme de la operación, tendré dos semanas de radioterapia. Tengo el mismo cáncer de mama que tuvo la actriz y presentadora de televisión Claudia Conserva y que estuvo en tratamiento durante 10 meses. Dentro de este mes, me llamarán para mi primera quimioterapia.

Mi querida Paola, estoy muy triste al oír eso. Parece que estarás en tratamiento durante muchos meses. Ojalá pudiera estar allí contigo. Te brindaré todo el apoyo que pueda.

Hablaremos más tarde... Estoy un poco triste... Quiero dormir un poco.

Ok. Entiendo. Hablaremos más tarde.

Dejé mi teléfono y miré fijamente por la ventana del apartamento. Todo lo que tengo son mis palabras para ayudar a Paola en este momento difícil y me siento muy inadecuado al ofrecer solo palabras. Está a miles de kilómetros de distancia, viviendo con su madre, pero esta ha perdido la capacidad de empatizar con lo que su hija está pasando. La realidad es que Paola está muy sola.

Cuando salió el sol en un nuevo día, Patrick le envió a Paola un mensaje de texto alegre.

Buenos días, Paola. Espero que hayas descansado bien. Trata de vivir la vida un día a la vez. Mi amor siempre está contigo. Confía en el universo: estaré a tu lado cuando más me necesites. Disfruta tu día, mi amor.

Gracias, mi hermoso esposo, por tus palabras... Mejor que ayer... Me reuniré con el médico hoy para discutir mi pronóstico. Espero que tu día sea maravilloso... ... Un fuerte abrazo y mucho amor.

De acuerdo. Te escribo luego.

Buenas noches, Paola. ¿Cómo fue su visita con el médico hoy?

El médico dice que mi cáncer triple negativo es muy agresivo y que podría perder mi seno... No me siento bien ahora, mi querido y hermoso esposo. Me voy a dormir.

Lamento mucho no estar allí para abrazarte. Descansa y hablaremos más tarde. ¡Te quiero muchísimo!

A pesar de que una gran tristeza la oprimía y la fatiga se aferraba a ella como una segunda piel, Paola no pudo resistir la tentación de acercarse. Sabía que tenía que expresar sus pensamientos, dejar que sus emociones se derramaran en la pantalla.

Me dolían mucho los brackets que me pusieron en el tumor; era como si me estuvieran quemando y estaba bajo anestesia... Estoy muy

137

triste... Yo también te quiero... Eres muy importante para mí en estos momentos difíciles de mi vida... Gracias.

Está bien estar triste. Llora todo lo que necesites. Nuestro amor es fuerte. Nuestro amor es profundo. Superaremos esto juntos. Siente mi amor a tu lado.

Gracias, mi amor.

Los siguientes días y semanas pasaron lentamente. Comencé a prepararme para los exámenes finales cuando el semestre de primavera llegaba a su fin. Paola asistió a las visitas al hospital y siguió con su vida mientras esperaba noticias sobre cuándo comenzaría su quimioterapia.

En una mañana fresca de principios de mayo, me encontré encaramado en mi sofá, con la mirada fija en la aplicación de calendario de mi teléfono. Mi mente corría con la logística de reorganizar mis planes para ver a Paola antes de lo previsto originalmente. Había planeado una visita a principios de julio durante un mes, después de terminar mi curso de verano de 6 semanas. Pero a medida que leía sus mensajes, quedó claro que necesitaba mi apoyo incluso antes de iniciar su desafiante tratamiento. Era hora de reorganizarlo todo por su bien. Si completaba la calificación en los próximos dos días, tendría una semana libre antes de comenzar mi curso de verano. El impulso dentro de mí de encontrar una manera de estar con ella ahora era muy fuerte.

Me levanto y corro hacia mi computadora; coloco mi teléfono en mi escritorio a mi lado. Abro un sitio web de viajes e ingreso algunas fechas. Encontré un vuelo a Santiago que sale en dos días. Lo reservé de inmediato; luego tomé mi teléfono para enviarle un mensaje de texto a Paola.

Tengo una semana libre antes de comenzar mi curso de verano. Estoy muy feliz de poder pasarlo contigo. Estaré volando a Chile en dos días.

Maravilloso... Me estoy despertando... Qué alegría... Gracias... Te amo. Espero tu llegada con gran alegría.

Patrick está tan nervioso y emocionado que siente la necesidad de empacar de inmediato. Salta de su escritorio y se acerca al armario junto a la cama. Saca su maleta, la coloca sobre la cama y la abre. Blue salta, camina hasta la maleta e intenta entrar.

Capítulo 16

Las primeras luces del amanecer se derraman en la tranquila terminal del aeropuerto de Santiago... Patrick sale por las puertas de reclamo de equipaje, tirando de su maleta. Mira a su alrededor y ve a Paola sentada sola en el café cercano. Su cabello ahora está corto: elegante, simple y valiente. Se está preparando para lo que está por venir.

Patrick hace una pausa, mirándola. Lo golpea en silencio: la realidad de lo que está por venir. Y, sin embargo, sigue siendo la mujer más hermosa que jamás haya visto. Su profundo afecto por ella alimenta su espíritu y le otorga la valentía para enfrentar cualquier desafío que se le presente.

Paola lo ve y, en un instante, toda su cara se ilumina. Ella salta de su asiento y corre hacia él. Se abrazan el uno al otro, agarrándose como si el mundo exterior pudiera desaparecer. Sigue un tierno beso, suave pero cargado de emoción. Se retiran ligeramente, solo para volver a sumergirse en otro abrazo, este más profundo, más ferviente, como si nunca quisieran soltarse. Ella toma su rostro entre sus manos y le sonríe con los ojos intensos.

"Lindo. Mi amor... ¡Gracias!"

"De nada. De nada, mi amor."

Se quedan allí por un momento, abrazándose en medio de la terminal. Luego, se toman de la mano y caminan hacia el estacionamiento.

A la mañana siguiente, conducen a Paola al hospital para una cita con el médico sobre la operación que tendrá después de completar la quimioterapia. Con los dedos entrelazados, entran en la gran entrada del edificio principal, el corazón acelerado por la anticipación. Las puertas del ascensor se cierran y ascienden al tercer piso. Salen del ascensor, siguen las señales hacia el departamento de Oncología y toman asiento en la sala de espera.

Después de una breve espera, el asistente del médico se acerca a ellos y les informa que el médico está listo para verlos. Ambos se levantan y siguen al asistente al consultorio del médico. El médico los saluda y se sientan frente a ella.

Paola toma la mano de Patrick y la coloca en su regazo, mientras el médico comienza a hablar. Ambos escuchan atentamente. El médico asume que Patrick entiende español, por lo que mira de un lado a otro entre Paola y Patrick mientras explica lo que implicará la operación. Paola hace preguntas y ambas asienten con la cabeza mientras el médico responde.

Aunque trata de ocultarlo, la confusión interna de Patrick sobre la situación en la que se encuentra aumenta rápidamente. Se ha dedicado por completo al profundo amor que comparte con Paola, pero el peso de ese compromiso empieza a abrumarlo, arrastrado por una marea de ansiedad. La realidad de lo que implica estar totalmente involucrado se está estableciendo. En su mente, se pregunta: "¿Realmente puedo hacer esto? ¡No creo que pueda hacer esto!"

La conversación entre el médico y Paola llega a un final natural. Ambos le agradecen mientras se levantan para irse. Paola está agradecida y parece muy feliz con lo que el médico tenía que decir. Se toman de la mano y caminan por el pasillo silencioso hasta el ascensor. Unidos por un amor profundo e inquebrantable, se adentran juntos, con valentía, en la tormenta.

El coche se desliza a lo largo de la carretera costera de Viña del Mar en una hermosa tarde. El sol brilla sobre toda la escena, iluminando la vasta extensión del océano que se extiende infinitamente hacia la izquierda. Patrick sostiene la mano de Paola sobre la palanca de cambios. Sin darse cuenta, le aprieta la mano con demasiada fuerza. Ella responde retirando suavemente la mano y colocándola en el volante. Él la mira por un momento, luego, lentamente, vuelve a poner la mano en su regazo. En sus rostros vemos la intensa ansiedad que ambos sienten, una ansiedad que se agrava porque no pueden comunicar, a través de la conversación, cómo se sienten.

141

El automóvil se detiene en The Hotel Oceanic, un encantador hotel boutique situado en una ladera, con vista a la costa. Cuando abrieron las puertas del auto y salieron, sus ojos quedaron cautivados de inmediato por la impresionante extensión del océano que se extendía ante ellos. Paola mira al horizonte, su rostro suavizado por la calidez de la vista. Parece perderse momentáneamente en la escena pacífica, como si buscara un respiro de la tormenta interior. Respira profundamente el aire fresco con el aroma del agua salada.

Patrick, de pie junto a ella, parece casi perdido en sus pensamientos, con la mirada fija en las olas. El silencio entre ellos es espeso y tangible. Permanece en el aire, amplificando la tensión entre ellos, más pesada e intensa que nunca. Después de un momento, Patrick saca su bolso del maletero y, a continuación, un altavoz de tamaño mediano, que le entrega a Paola. Caminan la corta distancia hasta la entrada del hotel.

El conserje les entrega sus llaves de acceso y les da una sonrisa cortés mientras señala la ubicación de la habitación en el mismo piso.

"Tu habitación está al final del pasillo, en la primera puerta a la izquierda. Disfrute de su estancia."

Ambos le agradecen y caminan hacia su habitación. Patrick abre la puerta. La habitación cuenta con un diseño elegante y contemporáneo, realzado por grandes ventanales que ofrecen impresionantes vistas del océano infinito más allá. Coloca la maleta sobre la cama y comienza a desempacar las pocas prendas que han traído para pasar la noche.

Paola se dirige directamente al balcón con el altavoz en la mano. Anhela escapar de la pesada nube de ansiedad y tensión que la presiona, deseando un momento de paz y libertad. Sale y coloca el altavoz en la mesa del balcón. Sin dudarlo, saca su teléfono, toca la pantalla varias veces y el ritmo familiar de la música disco de los ochenta comienza a latir en el aire.

La música llena el balcón, vibrante y llena de vida, un fuerte contraste con la quietud que se ha cernido sobre ellos. Cierra los ojos por un segundo, dejando que el ritmo de la música se filtre en su cuerpo. Luego, lentamente, comienza a moverse y a bailar sola en el balcón.

Su cuerpo ondula con gracia; cada movimiento es una expresión vibrante de liberación. Cada paso, cada movimiento, libera la ansiedad dentro de ella. La danza es su escape, su expresión y su medicina. Mientras baila, la vista del mar se extiende ante ella: vastas e interminables olas de blanco y azul oscuro que reflejan la turbulencia de sus emociones. Respira profundamente, con los ojos cerrados, balanceándose al ritmo de la música. Baila hacia la pared del balcón, luego se detiene y se apoya contra ella, escaneando la escena a su alrededor. Toda la historia de su vida la rodea. El océano que siempre había conocido, la ciudad de Viña del Mar y la península de Valparaíso, la ciudad donde pasó su infancia. La belleza de la escena la inunda: una sensación de paz en la quietud, pero está teñida de algo más: una profunda corriente subterránea de reflexión y recuerdo.

Mira hacia abajo y sus ojos captan a una familia en la piscina: dos niños chapoteando y riendo mientras sus padres los miran amorosamente. Los sonidos de su alegría flotan hacia ella, un eco distante de felicidad. El momento persiste: una delicada pausa mientras contempla la vista desde abajo, la familia, los niños, el amor compartido entre ellos. Todo es tan familiar para ella que llena su mente de recuerdos, tanto felices como dolorosos.

Patrick sale al balcón con dos copas y una botella de champán. Camina hasta la pequeña mesa y coloca los vasos con habilidad. Paola se gira para verlo. Su sonrisa es tranquila, pero cálida. Ella observa cómo abre cuidadosamente la botella, y el corcho estalla mansamente en el aire de la noche. Él sirve el champán con cuidadosa precisión, luego le extiende una copa mientras ella camina hacia él. Ella toma el vaso con un ligero movimiento de cabeza y chocan sus vasos, un gesto simple que se siente monumental en el silencio entre ellos.

Paola toma un sorbo. Deja el vaso y luego, sin decir una palabra, se mueve hacia el centro del balcón. La música sigue sonando y su cuerpo vuelve a moverse. Ella se balancea lentamente al principio; luego comienza a bailar, esta vez con más libertad y fluidez; el ritmo la lleva como antes. Patrick observa por un momento. Luego, él sigue su ejemplo. Deja su vaso sobre la mesa y se acerca al espacio junto a ella. Bailan en meditación silenciosa. Cada uno está perdido en su propio mundo; la música los calma, instándolos a liberar la tensión y la ansiedad que los pesan. Se arremolinan con gracia alrededor del balcón, cada uno perdido en su propio ritmo, pero intrincadamente conectados por un hilo invisible que los une. La música los envuelve a ambos en su abrazo, empapa sus almas y el peso de su ansiedad comienza a aligerarse.

El sol se acerca más al horizonte, proyectando una impresionante variedad de colores en el cielo. Los tonos anaranjados se intensifican con cada minuto que pasa. Después de algunas canciones, dejan de bailar. Ambos se mueven hacia la pared del balcón, parados uno al lado del otro, disfrutando en silencio de la fascinante vista.

La mirada de Paola se desvía hacia el horizonte; los ojos escanean las colinas distantes que se alzan sobre la ciudad de Viña del Mar. Señala hacia un gran edificio blanco que se destaca sobre las colinas.

"Mi primera *chemo* en este hospital."

Patrick mira el edificio, contemplando su imponente presencia. Él no dice nada, solo un lento asentimiento de comprensión, respetando el silencio que ella necesita. Se apoya contra la pared del balcón; su cuerpo aún se balancea suavemente al ritmo de la música. Recuerdos dolorosos inundando su mente, arrastrándola hacia atrás en el tiempo....veinte años antes.

La sala de estar del apartamento de Paola es cálida y acogedora; la luz de una tarde de otoño llena la habitación. Paola, de unos treinta años, está sentada en el suelo, con las piernas cruzadas y el rostro suave de alegría, mientras juega con su hijo de un año, Alejandro. El niño se ríe mientras ella le hace cosquillas; sus pequeñas manos agarran sus dedos. La sonrisa de Paola es tierna, pero se nota un notable indicio de agotamiento en sus ojos. La vida con un niño de un año es exigente, pero hay una satisfacción silenciosa en la forma en que interactúa con su hijo, un amor tácito por este momento de paz.

144

De repente, el sonido de una llave girando en la puerta interrumpe la calma. La puerta se abre y entra Mateo, pareja de Paola, su rostro cargado de irritación. Por la forma en que tropieza ligeramente al entrar, está claro que ha estado bebiendo. Pasa junto a Paola y Alejandro sin decir una palabra, con la mirada desviada. Su lenguaje corporal es rígido y poco acogedor. Se mueve hacia el sofá, se sienta pesadamente y agarra el control remoto de la mesa frente a él. Enciende la televisión sin pensarlo, con los ojos fijos en la pantalla, pero su mente parece estar muy lejos, claramente más absorta en su frustración que en lo que ve.

Paola lo mira. Ella no habla de inmediato. En cambio, ella lo mira; sus manos se detienen en Alejandro mientras se retuerce en su regazo. Después de un momento de vacilación, se levanta lentamente del suelo y, con cuidado, coloca a Alejandro en el corralito a su lado. Respira hondo y camina hacia el sillón más cercano a Mateo, colocándose de modo que lo mire, manteniendo una distancia prudente. Se sienta lentamente, con los ojos aún fijos en él. Ella espera antes de decir algo. El silencio entre ellos es espeso, casi sofocante. Mateo no reconoce su presencia; sus ojos permanecen fijos en la televisión.

Paola se mueve incómoda en su asiento. Tira nerviosamente del dobladillo de su suéter, sus manos juguetean con la tela, su corazón late con fuerza en su pecho. Finalmente, Mateo la mira por el rabillo del ojo. El peso de su mirada lo molesta. Deja escapar un suspiro exagerado; su irritación crece.

"¿Qué? ¿Qué es?" él grita. "¿Qué quieres decirme? ¡Dilo!"

Paola retrocede ante la fuerza de su grito. Su respiración se detiene en la garganta, pero rápidamente se recompone y se traga la ola de emoción que amenaza con abrumarla. Su voz temblorosa, pero fuerza una sonrisa para aliviar la tensión.

"Estoy embarazada."

145

Tan pronto como las palabras salen de su boca, Mateo salta del sofá, su ira estalla de inmediato. Él se para sobre ella, elevándose por encima de ella, con el rostro contorsionado por la frustración.

"Embarazada de nuevo. Dios mío. ¡Lo único en lo que eres buena es quedar embarazada!"

Su voz es fuerte, mordaz y cargada de resentimiento. El corazón de Paola se rompe ante la agudeza de sus palabras. Ella ha sido tomada por sorpresa, un silencio atónito se apodera de ella mientras su mente trata de procesar todo el peso de su reacción. Alejandro, sentado en el corralito, mira a sus padres. Su cara de bebé se llenó de preocupación. No entiende lo que está pasando, pero la tensión en la habitación le ha pasado factura.

El rostro de Paola se arruga mientras lucha por contener las lágrimas, pero terminan por salir. Lágrimas calientes e imparables se derraman por sus mejillas, su cuerpo se convulsiona con sollozos. Le duele el pecho, no solo por el dolor de las palabras de Mateo, sino también por la abrumadora sensación de impotencia que siente.

"Pero Mateo... Un hermano para Alejandro. Pensé... Pensé que te podrías feliz."

Los ojos de Mateo se entrecierran mientras la mira. Su rostro se contorsiona de repugnancia y, sin pronunciar una sola palabra, sacude la cabeza con pura incredulidad. Está muy claro que no quiere formar parte de este caos. Por un fugaz momento, se queda congelado; su furia hierve a fuego lento justo debajo de la superficie. Pero luego, en un repentino estallido de energía, se da la vuelta; sus pasos resuenan mientras camina decididamente hacia el dormitorio.

"No quiero nada de esto."

Cierra la puerta del dormitorio detrás de él; el sonido de la puerta golpeando el marco resuena en el apartamento silencioso.

146

Paola no se mueve al principio. Está sentada, congelada, el rostro lleno de lágrimas, vuelta hacia su hijo, que la mira con los ojos muy abiertos e inciertos. Ella lo mira fijamente, con el corazón roto. Se siente completamente sola; la realidad de su situación se estrella sobre ella como una ola. Había esperado, en el fondo, que la idea de ampliar su familia trajera algo de felicidad, algo de luz a su relación oscura, pero ahora, con el rechazo de Mateo, parece que todo lo que ha intentado construir se está desmoronando. Su pecho se agita con sollozos silenciosos; sus manos descansan en su regazo mientras mira a Alejandro, quien le extiende una pequeña mano. No entiende lo que está pasando, pero sabe que su madre está triste. Simplemente quiere consolarla de la única manera que sabe: a través del amor, del tacto. Paola se seca las lágrimas gradualmente, tratando de calmarse para él, pero la tristeza en su corazón es abrumadora. La impotencia se instala y se da cuenta de que no importa cuánto lo intente, no puede cambiar al hombre que ama.

Más tarde ese mismo año, el Día de la Madre, Mateo se marcha definitivamente, dejando a Paula sola con Alejandro y con cinco meses de embarazo de Daniel.

Paola, ahora embarazada de seis meses, está de pie en la ducha de su baño bajo el chorro de agua, lavándose lentamente. Su mano se mueve hacia su pecho derecho; el calor del agua la ayuda a relajarse. Mientras continúa lavándose, sus dedos rozan, inadvertidamente, algo inusual. Al principio, no piensa mucho en eso, pero luego su pulgar y su dedo índice se detienen y vuelve a sentir. Un pequeño bulto se encuentra en la parte inferior de su seno derecho, apenas perceptible, pero lo suficientemente distinto como para percibir su forma. Pasa los dedos sobre él, tratando de evaluarlo; su respiración se acelera ligeramente mientras continúa presionándolo. Se siente duro, extraño, equivocado. La preocupación comienza a deslizarse en su mente y su expresión cambia a una de profunda preocupación...

El sonido de una pelota de tenis rebotando en la cancha llena el aire. Mateo está involucrado en un juego con un amigo, moviéndose rápidamente y con propósito. Su enfoque está completamente centrado en el juego, ya que golpea la pelota por encima de la red con facilidad.

147

El agudo timbre de un teléfono celular interrumpe el ritmo del partido. Mateo le hace un gesto a su amigo para indicarle que debe atender la llamada. Su amigo asiente con la cabeza mientras Mateo sale de la cancha, trotando hacia las líneas laterales donde se encuentra su bolso. Se agacha, saca su teléfono de la bolsa y lo contesta.

"Hola. ¿Quién es?"

"Hola, Mateo. Es Paola."

La frustración de Mateo aumenta mientras pone los ojos en blanco. Él ya sabe lo que viene a continuación y está irritado porque ella está interrumpiendo su tiempo en la cancha.

"¿Qué quieres, Paola?"

Paola agarra su teléfono con fuerza; la conversación ya comienza a parecer un campo de batalla emocional. Con la voz temblorosa, casi suplicante, responde.

"Voy a tener mi cesárea a las 11 am. ¿Puedes venir al hospital, por favor? Te necesito aquí."

Hay una larga pausa y Paola puede sentir la fría distancia que llena el silencio. Las palabras que Mateo dice a continuación golpean con fuerza, como un puñetazo en el estómago.

"Lo siento, no puedo. Estoy tomando clases de tenis."

El corazón de Paola se desploma ante su respuesta. Es como si la hubiera destrozado con sus palabras, sus prioridades claras. Cierra los ojos brevemente y se traga saliva contra el aguijón del rechazo. Pero se obliga a seguir hablando, aferrándose a la esperanza que le queda.

"Mateo. Por favor. Estoy muy asustada. Te necesito aquí. Mateo. Por favor."

Mateo parece aburrido ahora; su rostro se endurece con indiferencia mientras mira la cancha de tenis. Deja escapar un suspiro exasperado, sin mostrar empatía, compasión ni calidez. Su voz se vuelve más fría, más áspera.

"No, Paola. No tengo tiempo."

Cierra el teléfono con frustración y lo arroja con fuerza a su bolsa de tenis. Hace una pausa; su pecho sube y baja en un ritmo tumultuoso alimentado por el resentimiento reprimido. Todo lo que anhela es romper las cadenas de esta situación vinculante: estas obligaciones sofocantes. La rabia burbujeaba dentro de él y tomó su raqueta de tenis, golpeándola con fuerza contra el suelo. Mira a su compañero, con los ojos nublados por el resentimiento, y vuelve a su posición para su próxima obra, sin importarle los restos emocionales que ha dejado atrás.

Paola se quita el teléfono de la oreja, con la cara húmeda de lágrimas, bajo la abrumadora sensación de abandono que la presiona. Deja el teléfono sobre la mesita de noche, con los brazos flácidos a su lado. En un solo movimiento, deja que su cuerpo se desplome sobre la cama. El peso del mundo parece asentarse sobre sus hombros cuando una ola de emoción se apodera de ella. Sus sollozos comienzan suaves, pero aumentan rápidamente en intensidad a medida que se desmorona; la catarsis finalmente brota de ella en una avalancha de dolor, frustración e impotencia. Ella llora, pero no hay nadie allí para consolarla, nadie para asegurarle que las cosas estarán bien. Se siente muy sola y asustada...

Paola se sienta, apoyada en la cama, con un pequeño paquete de alegría acurrucado en sus brazos. Daniel, su hijo recién nacido, descansa pacíficamente contra su pecho, sus pequeños dedos enroscados alrededor de los de ella. Su madre y su hermano Andreas están sentados cerca; sus rostros se llenaron de amor y alegría mientras asimilaban el momento.

La puerta de la habitación se abre y el Dr. Fernández, el médico tratante y amigo cercano de la familia, entra con una cálida sonrisa en el rostro. Camina hacia la cama, sonriendo cálidamente a Carmen y Andreas, antes de centrar su atención en Paola.

"Buenos días, Paola. ¿Cómo están tú y el bebé?"

Paola lo mira con una sonrisa suave, cansada pero alegre.

"Estoy bien, doctor. Daniel también lo está haciendo muy bien."

El Dr. Fernández mira a Daniel con un asentimiento de aprobación, pero luego se da cuenta de que Mateo está notablemente ausente.

"Y ¿dónde está Mateo?" él pregunta con naturalidad. ¿Ya ha llegado?

Ante la mención de Mateo, la habitación cae en un silencio pesado. Paola, su madre y su hermano miran hacia abajo, sin decir una palabra. La verdad tácita flota en el aire, demasiado dolorosa para ser reconocida. Finalmente, Paola responde.

"Intenté llamarlo varias veces, pero no respondió.

"¿Debería llamarlo?" pregunta suavemente.

Paola no responde; en cambio, mira al médico y asiente en silencio.

"Lo llamaré. Veamos si podemos hacer que entre. Volveré en un momento."

El Dr. Fernández sale al pasillo del hospital.

Pasan algunos minutos antes de que el Dr. Fernández vuelva a entrar en la habitación. Mira a la familia con una expresión triste y niega con la cabeza.

"Me temo que no contestó. Lo intenté varias veces."

Hay una larga pausa mientras el Dr. Fernández mira a Paola; su expresión es una mezcla de simpatía e impotencia. Paola asiente levemente, con los ojos distantes.

"Lo siento, Paola. Si necesitas algo, estamos aquí para ti."

Paola mira fijamente al médico mientras sale de la habitación...

150

La habitación del hospital, en el departamento de oncología, está suavemente iluminada; la luz del sol se filtra a través de las cortinas mientras Paola se sienta en la cama, luciendo frágil y ansiosa. Su madre y su hermana Emilia se sientan junto a su cama. Los ojos de Paola se dirigen nerviosamente hacia la puerta, esperando que entre el médico. Está en un estado de miedo e incertidumbre que no puede sacudir.

" Mamá... Estoy tan asustada. ¿Qué pasa si me operan y descubren que el cáncer ya se ha diseminado?"

Su madre le toma la mano, sosteniéndola con fuerza.

"No te preocupes, mi amor. No se ha propagado. Todo estará bien. Pase lo que pase, superaremos esto juntos."

Emilia asiente con la cabeza, su rostro lleno de apoyo silencioso. Pero el miedo de Paola sigue siendo palpable. Las palabras de su madre le ofrecen poco consuelo y la ansiedad comienza a consumirla. Ella empieza a llorar.

"¿Pero y si sí lo ha hecho? No puedo hacer esto sin él. Yo... Lo necesito aquí. Necesito a Mateo."

Paola busca su teléfono celular en la mesita de noche; sus manos tiemblan mientras lo marca. Suena el teléfono y la cara de Paola se retuerce de frustración mientras espera.

Suena el teléfono en la oficina de Mateo y Mónica, su secretaria, contesta.

"Buenas tardes. Oficina de Mateo Garcia."

La voz de Paola tiembla mientras responde; las palabras le caen mientras intenta mantener la calma.

"Buenas tardes, Mónica. Me gustaría hablar con Mateo. Es Paola. Intenté llamar a su teléfono celular, pero no contestó."

151

"Hola, Paola. ¿Cómo estás? Desafortunadamente, Mateo no está en la oficina actualmente. ¿Puedo hacer que te llame cuando regrese?"

La voz de Paola se alza con frustración mientras rompe a llorar.

"No. Cuando regrese, por favor, pídale que venga al hospital. Lo intentaré de nuevo en su teléfono celular. Me someteré a una cirugía para extirpar un bulto en el seno esta noche."

Sus palabras cuelgan pesadas en el aire.

"Lo siento mucho, Paola. Se lo diré."

Paola golpea el teléfono sobre la mesita de noche; su pecho se agita mientras le corren las lágrimas por el rostro.

Más tarde esa noche, Paola, recuperándose de una cirugía, yace en la cama. Sus ojos están cerrados y está intentando descansar, pero su mente no está en paz. El sonido de los pasos resuena por el pasillo, llamando su atención. Abre los ojos lentamente, como si sintiera algo. Mateo está parado en la puerta. Habla suavemente y con sorpresa. Su voz es frágil, como un hilo de esperanza, mientras se sienta en la cama.

"Oh, Mateo... Estoy tan feliz de que estés aqu"

Camina desde la puerta hasta su cama. Su voz es airada y distante.

"Estoy cansado de tus llamadas. ¿Qué quieres de mí?"

La expresión de Paola se desmorona; el escozor de sus duras palabras la atraviesa como una espada fría. Ella lucha por enmascarar la confusión interior, pero el esfuerzo resulta inútil. Cada palabra que pronunció la golpea como un golpe físico, dejándola tambaleándose en un silencio atónito. Su voz se quiebra bajo el peso de su súplica.

"Quiero que seamos una familia. Por favor, no me dejes solo con dos niños. Por favor, Mateo... Por favor."

Ella se estira hacia él con desesperación. Pero Mateo, con calma y frialdad, retrocede.

"No quiero tener nada que ver contigo. Todo es culpa tuya. Todo."

La cara de Paola se arruga en un instante. Su cuerpo, con mucho dolor por la cirugía, tiembla ante la fuerza del golpe emocional. Lentamente se levanta de la cama, cayendo de rodillas, completamente deshecha, sollozando incontrolablemente. Sus manos se extienden, temblorosas, desesperadas por alguna forma de conexión.

"Por favor, perdóname. No quiero perderte. No quiero ser madre soltera con dos bebés. Ni siquiera me importan las demás mujeres y sales con tus amigas por la noche. Por favor, no me dejes sola con dos hijos. Mateo, por favor…"

Sus sollozos resuenan en la habitación mientras agarra su pierna, mirándolo a través de los ojos llenos de lágrimas, suplicándole con todo su corazón. Mateo la mira; su rostro es una mezcla de lástima y disgusto. Es como si ella pesara mucho sobre él, una presencia agobiante de la que anhela liberarse.

Él sacude la cabeza con enojo.

"He terminado contigo."

Él se libera de su agarre, se aleja apresuradamente y luego, sin una segunda mirada, sale furioso de la habitación.

"Mateo … Por favor…" ella suplica.

La puerta se cierra de golpe. Paola permanece arrodillada en el suelo, con la cabeza entre las manos, el peso del mundo aplastando su pecho. Sus sollozos llenan la habitación y se queda sola en su agonía…..

Paola trae lentamente su mente de vuelta al presente. Ella se vuelve hacia Patrick, sonriendo con una leve sonrisa. Está parado cerca, disfrutando de la vista espectacular. El cielo ha explotado en múltiples tonos de naranja, variando en intensidad de sombreado a medida que

153

pasa el tiempo. Observan la puesta de sol mientras el cielo nocturno se arrastra detrás de ellos, abriéndose paso lentamente hacia el horizonte. La última luz del sol desaparece y la noche aterciopelada toma el control total del cielo. Suena una canción romántica lenta, así que se toman de la mano y vuelven a bailar.

Las luces brillantes de Viña del Mar y Valparaíso parpadean como purpurina contra el telón de fondo del cielo nocturno. Se balancean juntos con suavidad; sus cuerpos se mueven en sincronía con el ritmo de la música; sus corazones intentan transmitir un mensaje que sus labios no pueden expresar.

Se miran profundamente a los ojos, intentando expresar cómo se sienten. Paola intenta expresar lo asustada y ansiosa que está al comenzar nuevamente el tratamiento. Patrick se inclina ligeramente, con la mirada firme y comprensiva. Él ve el miedo en sus ojos y siente el peso de él en su propio corazón. Las lágrimas comienzan a brillar en sus ojos, pero logra una sonrisa tierna, que irradia calidez y compasión. Con cada gramo de empatía, él se acerca para consolarla, creando un momento de conexión que se siente como un refugio en medio de su confusión. Paola siente su amor, su comprensión irradiando a través de sus intensos y hermosos ojos azules. Ella devuelve una sonrisa amorosa, un sutil gesto de gratitud, mientras las lágrimas le llenan los ojos.

Paola levanta con lentitud las manos hacia su rostro y acaricia su mejilla. Sus ojos buscan los de él y, con ese gesto simple y amoroso, comunica en silencio todo lo que siente: su gratitud, su miedo y su ansiedad.

"Gracias, mi amor," ella susurra. Tú eres the maximum. Tú eres mi ángel.

Patrick asiente; sus ojos brillan con lágrimas no derramadas. Sus labios se curvan en una leve sonrisa, una que contiene empatía y fuerza. Nunca demasiado sentimentalismo, sin previo aviso, Paola se aleja del abrazo de Patrick y corre hacia la pared del balcón; sus ojos escanean la piscina de abajo. Señala el área vacía de la piscina, claramente emocionada por la idea de nadar por la noche.

"¡Mira, mira! It is empty. C'mon! Nadar. Swim. Now!"

Patrick se ríe, sacudiendo la cabeza, con un rostro divertido pero cauteloso. Camina hasta el balcón y mira la piscina de abajo.

"No, no. Cold. Frío. Muy Frío."

Paola se vuelve hacia él; su rostro se ilumina con una sonrisa pícara.

"¡Sí! Si! C'mon, Patrick. Esta noche es perfecta... ¿por qué no?"

Con un destello de picardía en los ojos, Paola le da una última mirada juguetona antes de volver a entrar. Patrick la mira con una sonrisa que le tira de las comisuras de los labios. Se ríe mientras niega con la cabeza.

"You are crazy...a poco loco."

Pero su risa llena el balcón mientras la sigue adentro. Aunque protesta, no puede resistirse. Hay un salvajismo en su espíritu que lo atrae.

El aire fresco de la noche los envuelve al salir. Las luces de Viña del Mar y Valparaíso son el telón de fondo frente a la oscuridad de la noche. Arriba, el cielo es un manto de estrellas. Patrick y Paola corren rápidamente hasta las tumbonas y se colocan sus toallas. Paola no duda; camina decididamente hacia el agua y, con una mirada juguetona a Patrick, sumerge los dedos de los pies en la piscina. La frescura del agua la hace detenerse por un segundo, pero solo por un momento. Ella se ríe y, sin pensarlo dos veces, comienza a caminar más adentro; el agua le llega a la cintura.

La melodía de una canción comienza a sonar en su mente, una que siempre ha amado. Lentamente, comienza a tararearlo en voz baja; luego, más fuerte, mientras baila alrededor del extremo más bajo de la piscina. Su cuerpo se mueve con fluidez; sus brazos recorren el aire al ritmo perfecto de la melodía que tiene en mente.

155

Mientras tanto, Patrick, que la ha estado observando, se encuentra a unos pasos del borde de la piscina. Se mete cautelosamente en el agua, haciendo una mueca de frío. Paola, al verlo sumergirse lentamente en el agua, lo llama con entusiasmo. Ella se señala la cabeza, riendo.

"Tú. Tú. Dance. Baila una canción, song, en tu cabeza. Es divertido. It is fun."

Patrick niega con la cabeza; una risa se le escapa mientras se adentra más en el agua.

"Ok. Ok."

El agua salpica a su alrededor mientras se balancean y se mueven, cada uno en su propio mundo, pero juntos en ese momento. Patrick la mira con una suave sonrisa; su tarareo llena el aire de la noche.

Mientras giran y se balancean a la luz brillante de la luna junto a la piscina, el espacio entre ellos comienza a disolverse y los acerca con cada ritmo de la música. La mano de Patrick alcanza la de Paola, luego la otra, sus dedos entrelazados sobre sus cabezas. Juntos, se balancean hacia adelante y hacia atrás, moviéndose en perfecta armonía, mientras la melodía de su tarareo llena el aire.

Luego, sin previo aviso, Paola salta y envuelve sus piernas alrededor de la cintura de Patrick, apoya la cabeza en su hombro y continúa tarareando su canción en su oído. El repentino aumento de peso altera el equilibrio de Patrick y, por un momento, lo sorprende. Pero su experiencia en el patinaje se activa instintivamente.

Mientras cae bajo el peso de Paola, mueve un pie hacia atrás para mantener el equilibrio y cambia a una danza rítmica al ritmo de la canción que tararea en su oído. En ese momento, se da cuenta de que ha encontrado otra forma de expresarle sus sentimientos a Paola. Mientras sostiene el peso de Paola, se balancea adelante y atrás hasta el punto de casi caerse, pero siempre mantiene el control. Es una promesa silenciosa para ella: que, sin importar cuántos altibajos haya en los próximos meses, nunca la dejará caer. Mientras se balancean de un lado a otro en este abrazo único, Paola levanta la cabeza de los hombros de Patrick y lo mira profundamente a los ojos. Ella le susurra al oído.

"Thank you!"

Patrick se retira, sonríe y la mira profundamente a los ojos, asintiendo con la cabeza. Ella lo besa con toda la pasión y el amor que tiene dentro de sí, atrayéndolo con fuerza hacia su abrazo. Entonces, de repente, se libera y vuelve a bailar en la piscina, cantando la canción en voz alta en su cabeza.

Por un momento, Patrick se queda allí, observándola con los ojos cerrados, tarareando para sí misma. Una profunda sonrisa se extiende por su rostro mientras asimila su alegría y su coraje, expresados a través de la danza y la canción. Pero la temperatura del aire nocturno empieza a morderle la piel expuesta. Se da cuenta del frío que se ha vuelto.

"It is very cold ahora," le grita. "Muy frío."

Paola, todavía perdida en su baile, le responde sin abrir los ojos.

"Sí. ¡Yo sé! I know!"

Mientras Paola echa un último vistazo a la impresionante vista; finalmente rompe el baile y sigue a Patrick fuera de la piscina. Al entrar en la terraza junto a la piscina, el fuerte contraste entre el calor de sus cuerpos y el aire frío de la noche los golpea a ambos. Corren por sus toallas, envolviéndose rápidamente. Patrick agarra sus sandalias y se las pone rápidamente mientras se apresuran hacia la puerta del hotel.

Patrick y Paola entran en su habitación de hotel; rápidamente se quitan el traje de baño y se ponen la ropa de dormir. Corren a la cama y se acurrucan juntos bajo las mantas. Sus cuerpos se funden entre sí mientras se acurrucan.

Intercambian besos suaves, tiernos y persistentes. Patrick se retira; sus labios se curvan en una sonrisa juguetona. Mira a Paola; sus ojos se

157

llenan de un afecto silencioso y de un toque de deseo. Paola, al percibir sus pensamientos, levanta una ceja. Ella sonríe, pero su expresión se vuelve rápidamente más seria. Ella se aparta ligeramente y lo mira a los ojos, juguetona pero firme.

"No, forget. Documental. Claudia Conserva. Diez pm."

Patrick mira el reloj de la mesita de noche, señalándolo con una sonrisa.

"Sí. No problema."

Paola gira la cabeza para mirar el reloj. Son las 8:55 pm. Ella asiente, satisfecha, sonriendo suavemente.

"Ok."

Con una sonrisa infantil, Patrick se estira detrás de ella para apagar la lámpara de la mesita de noche.

En la habitación oscura, el reloj marca las 9:55 p.m. Patrick se estira para encender la lámpara de la mesita de noche. Cambia la mirada por la habitación, con los ojos escaneando. Ve el control remoto en el soporte del televisor a los pies de la cama.

Con una suave exhalación, balancea las piernas fuera de la cama, con cuidado de no molestar a Paola mientras se pone de pie y cruza hacia el soporte del televisor. Toma el control remoto y, dándole la vuelta en las manos, presiona el botón de encendido. La pantalla se ilumina, pero entrecierra los ojos ante la variedad de canales, sin saber en cuál se transmite el documental.

Vuelve a mirar a Paola. Todavía está descansando. El rostro de Patrick se suaviza cuando cruza de regreso a la cama. Él le da un suave golpecito en el brazo, susurrando.

"Paola. Claudia Conserva. Documental. Diez p. m. Ahora."

Paola se mueve al oír su voz, estirándose lentamente; un suave bostezo le escapa de los labios. Mientras procesa lo que Patrick ha dicho, parpadea un par de veces y se sienta más alerta. Sus ojos se encuentran con los de él; la gratitud parpadea en su rostro.

"¡Gracias!"

Ella extiende la mano hacia el control remoto y Patrick se lo entrega. Hojea los canales y encuentra el documental que quiere ver. Los créditos iniciales comienzan a rodar. Patrick vuelve a meterse en la cama y se acomoda a su lado. Ambos ajustan sus almohadas y las apoyan contra la cabecera. Paola se inclina ligeramente hacia la pantalla, con el enfoque intenso. Él entiende su deseo de que él vea el documental con ella. Ella se está preparando para enfrentar algo desafiante y quiere que él lo entienda. Ella necesita que él vea a lo que se enfrenta, especialmente porque él no estará allí durante la mayor parte del tiempo. Los créditos iniciales del documental se desvanecen y la pantalla cambia a imágenes de Claudia Conserva, sonriendo en su mejor momento: una mujer hermosa. El rostro de Paola se ilumina; sus ojos están fijos intensamente en la pantalla.

A su lado, el rostro de Patrick delata su inquietud. Se mueve inquieto en la cama, mirando ansiosamente entre la pantalla y Paola. Una mezcla de anticipación y temor aprieta su pecho mientras sus ojos se abren; la gravedad de lo que está a punto de ver comienza a hundirse. Paola, suavemente, para sí misma, al comienzo del documental.

"Es tan inspirador..."

Se vuelve hacia Patrick; su voz se mezcla con emoción.

"Mismo, same cancer yo. Ahora, now... remisión."

El documental da un giro brusco. Las imágenes vibrantes de Claudia son reemplazadas por la dura realidad de la quimioterapia. Hay tomas de ella sentada en una cama de hospital, con un tubo en la nariz, su cabello, alguna vez lustroso, desaparecido, reemplazado por una apariencia cruda y alienígena. Su piel es pálida e hinchada, un marcado contraste con la mujer sana que alguna vez fue. Los ojos de Paola nunca abandonan la pantalla. Ella observa, absorta; sus expresiones son una

159

mezcla de admiración y comprensión. Patrick, por otro lado, retrocede. Su ansiedad aumenta a medida que se desarrolla la realidad del tratamiento de quimioterapia ante él.

La cámara se acerca a la cara de Claudia mientras hace una mueca de dolor. La imagen de ella luchando por sentarse, débil y frágil, es demasiado para Patrick. Traga saliva; su pulso se acelera; su pecho se aprieta de pavor. Se gira para mirar a Paola; su ansiedad llega a un punto de ruptura. Pero ella está perdida en el documental, completamente inconsciente del efecto que tiene en él. Para ella, es un faro de esperanza, una prueba de que alguien más ha recorrido este camino oscuro y ha salido del otro lado.

Pero para Patrick, es una ventana de pesadilla hacia el futuro cercano. Sus ojos parpadean hacia la pantalla mientras Claudia lucha para caminar, con una mirada vacía y dolorida. Siente que su corazón se acelera; sus palmas sudan. Se siente abrumado. El contraste entre sus reacciones no podría ser más marcado.

El documental finalmente termina. Patrick hace clic en el control remoto, apaga el televisor y la habitación cae en un silencio pesado. Exhala profundamente; el peso del documental se le quita de los hombros. Su rostro, tenso en todo momento, se relaja lentamente. Parece aliviado, como si la carga emocional de las últimas horas se hubiera liberado por fin. A su lado, Paola se sienta un poco más erguida, con los ojos brillantes de inspiración. Su mirada se desvía hacia lo lejos, perdida en sus pensamientos, como si examinara el torbellino de emociones y visiones que acaba de ver. Se vuelve hacia Patrick, con una expresión suave y una chispa de esperanza en los ojos.

"Súper."

Patrick lucha por reunir incluso una pequeña sonrisa, pero es evidente que sus sentimientos están a años luz de los de ella.

"Sí. Yes. Super," Patrick responde, rotundamente and distraído.

160

Paola siente su falta de entusiasmo y rápidamente entiende por qué. Ella no necesita preguntar. Ambos se quedan en silencio. Las palabras son innecesarias ahora, incluso si pudieran comunicarse perfectamente. La verdad tácita flota en el aire: Paola sabe que Patrick se siente abrumado y Patrick sabe que no necesita aumentar sus cargas al expresar sus temores. Paola se inclina y se dan un beso de buenas noches como una pareja de ancianos. Se vuelve hacia la lámpara de su mesita de noche y la apaga. Patrick hace lo mismo: alcanza su propia lámpara y la apaga también.

En la oscuridad, Patrick yace inmóvil, con los ojos bien abiertos. Su mente corre con todo lo que acaba de presenciar: el dolor, el sufrimiento, el miedo. Se siente abrumado; el peso de todo esto lo presiona. Está luchando por defenderse de las implacables oleadas de pensamientos que se estrellan contra su mente, en busca del abrazo del sueño. Paola se queda dormida con un suspiro suave. Pero Patrick, en la quietud de la noche, permanece despierto durante un largo rato. Después de un tiempo, su respiración se ralentiza y la ansiedad se alivia lo suficiente como para que caiga en un sueño ligero e incómodo.

En la oscuridad de la noche, Patrick está completamente despierto, mirando al techo. Se vuelve hacia su cama, mirando la habitación oscura, con el rostro lleno de preocupación y angustia. Está empezando a sentirse abrumado por una sensación de desesperación. Da vueltas y vueltas, luego vuelve a mirar al techo. Después de hacer esto varias veces, decide levantarse y sentarse en el balcón. No sabe qué más hacer. El aire frío de la noche podría tranquilizarlo. Quizás.

Se levanta de la cama, se pone su bata de hotel, las pantuflas y un sombrero. Camina silenciosamente por la habitación, abre la puerta del balcón y sale. Deja caer el inmenso peso que lleva en uno de los asientos de plástico. Su rostro sigue siendo una máscara de agonía. Sus hombros se desploman bajo el peso invisible de su aprensión. Sus dedos se contraen mientras sostiene su cabeza entre las manos, presionándole las sienes. En su mente, se encuentra en un estado de cuestionamiento desesperado, casi existencial. Mira fijamente la noche, el océano oscuro y las luces parpadeantes en las colinas de Valparaíso en la distancia. Está tratando de razonar sobre lo que está sucediendo en su vida y todo

161

lo que lo llevó a este punto. Se susurra a sí mismo, con la voz quebrándose.

"Por casualidad... Encontré un gran amor."

Con una intensidad feroz, mira hacia el horizonte, lidiando con la incertidumbre que lo rodea, buscando claridad en el caos.

Me comprometo con ese gran amor... A pesar de todos los obstáculos, el idioma, la distancia... y ahora esto.

Se inclina hacia adelante, con las manos aún agarrándose la cabeza, como si intentara mantenerla unida, física, emocional y espiritualmente. Negando con la cabeza, susurrando, suplicando.

"¡Dios mío... ¿Por qué? ¿Por qué?"

Su rostro está contorsionado por la preocupación, llenando su cuerpo y su mente.

"No puedo hacer esto. No puedo hacer esto. Es demasiado... Es demasiado pesado. No. No puedo hacerlo. No puedo... ¡Hazlo!"

Se estremece visiblemente; un temblor lo recorre. Aprieta su cabeza como si tratara de exprimir la ansiedad.

"No... No... No puedo... ¿Por qué? ¿Por qué?"

Mientras Patrick continúa mirando hacia la oscuridad de la noche, de repente se ve afectado por algo que solo puede describirse como una epifanía. Se siente como si un pequeño rayo golpeara su mente, sacudiéndolo de las profundidades de su desesperación hacia una profunda realización.

En ese momento de profunda desesperación, me sorprende darme cuenta de que estoy mirando la recompensa de los esfuerzos y compromisos de mi vida hasta ahora. Mi compromiso con la enseñanza es una forma desafiante y necesaria de razonar con el mundo. Mi compromiso de encontrar las palabras para comunicar

162

ese razonamiento a una audiencia más amplia mediante la escritura. Mi compromiso con el gran amor que siento por Paola.

Continúa mirando hacia la oscuridad de la noche. Con repentina claridad.

Eres escritor. Este es tu viaje único, tu narrativa esperando ser contada. Sumérgete profundamente en tus experiencias y transfórmate en el escritor que estabas destinado a ser. ¡Comparte tu historia!

Las palabras resuenan profundamente y, por primera vez en mucho tiempo, algo dentro de él se siente más ligero, casi liberado. Se ríe levemente, nerviosamente, con un sonido lleno de una extraña mezcla de alegría y catarsis. Y luego, inesperadamente, su risa se convierte en lágrimas.

Se cubre la cara con las manos por un momento; ahora las lágrimas se derraman libremente, lágrimas de alegría, de liberación, de dolor que finalmente afloran después de años de represión. Respira tembloroso mientras las lágrimas continúan, pero esta vez, se sienten como una limpieza. Su pecho se agita mientras la risa y el llanto se mezclan.

Perdí a mi padre... nunca lo lloré... nunca me di esa oportunidad.

El peso del pasado inunda su mente: dolor no atendido, dolor no resuelto. Sigue sollozando, temblando y, a través de sus lágrimas, recuerda tantas situaciones dolorosas que ha vivido.

Dieciocho años... Un matrimonio terminó silenciosamente durante los primeros meses del COVID. Un gran amigo que todavía me importa profundamente... Tanto dolor y tristeza que necesitaba ser desenredado.

Deja escapar un grito gutural; los años de emoción reprimida finalmente se desatan en un momento crudo e incontrolable. Su risa y sus lágrimas se entrelazan hasta convertirse en una sola expresión. Es

163

un momento crudo y purgante; el peso del dolor de toda una vida se derrama de inmediato.

Sus lágrimas finalmente comenzaron a disminuir. Mientras continúa mirando el horizonte oscuro, siente un cambio sutil en la oscuridad de la noche. Un toque de crepúsculo. Saca su teléfono del bolsillo de su bata para mirar la hora. Son las 7:28 am. Sus ojos se abren un poco cuando se da cuenta: el sol empieza a salir. Una amplia y lenta sonrisa se extiende por su rostro. Se ríe casi en un susurro, sacudiendo la cabeza con incredulidad.

Es verdad... La hora más oscur es justo antes del amanecer.

A medida que el crepúsculo comienza a irrumpir en la luz de un nuevo día, su sonrisa se vuelve más amplia. El peso abrumador que sintió antes se reemplaza por una alegría tranquila, una sensación de paz que parece haber tardado mucho en llegar. Sus lágrimas se desvanecen y se reemplazan por una risa suave. Me viene a la mente la letra de una vieja canción de Nina Simone. Se susurra la letra a sí mismo, casi cantando.

"Es un nuevo amanecer. Es un nuevo día. Es una nueva vida para mí... y me siento bien."

Su voz es suave pero rebosante de convicción en cada palabra. La alegría que viene con un nuevo comienzo lo llena: se siente más ligero, más libre, como si el aire a su alrededor hubiera cambiado. Los primeros rayos de sol besan el horizonte, proyectando un resplandor dorado sobre el mar. Contempla la vista por última vez antes de respirar profundamente y con satisfacción. Sonríe aún más, con su corazón ligero y lleno de optimismo y de confianza renovada en sí mismo.

Todavía hay mucho que superar... pero hoy... Hoy me siento bien.

Observa cómo el mundo que lo rodea cobra vida. Las primeras gaviotas graznan a lo lejos sobre el mar. Las ciudades de Viña del Mar y Valparaíso se agitan a medida que el sol se eleva, marcando el comienzo de un nuevo día. Los primeros coches se abren paso por la carretera

164

junto al mar. Y por primera vez en mucho tiempo, Patrick se siente listo para lo que venga después.

Capítulo 17

Patrick está sentado con Blue en su regazo, leyendo un libro. De repente, su teléfono emite un pitido que captura su atención. Lo coge y ve un mensaje de texto de Paola. ¿Qué podía decir? Las posibilidades corren por su mente.

Hola Patrick. Busqué muchas fechas y del 24 de diciembre al 13 de enero hay vuelos directos y económicos. Me encantaría ir, pero esta vez serán seis quimioterapias y me quedaré sin defensas. Eso significa que puedo contraer cualquier enfermedad mientras estoy en los Estados Unidos. Podría resultar arriesgado para mí. En última instancia, no estoy segura de qué hacer. Si espero a comprarlo en noviembre, será demasiado caro. ¿Qué hago? ¿Lo compro y me arriesgo?

Hola, Paola, tendrás seis sesiones de quimioterapia, cada una con 21 días de diferencia, una duración total de 126 días o aproximadamente 4 meses y 1 semana. Entonces, incluso si no comienza la quimioterapia hasta finales de junio [espero que comience antes], esto significa que terminarán a principios de noviembre, si no antes.

El médico dijo que tú [y tu sistema inmunológico] estarán listos para la cirugía dos meses después de la última quimioterapia. Si el médico cree que podrás someterte a una cirugía a fines de diciembre, eso significa que también podrás viajar para entonces. Estoy feliz de pagar para que tomes un taxi al aeropuerto de Santiago y, si llegas con tiempo, no debería resultar estresante. Además, muchas de tus prendas de invierno ya están aquí, por lo que solo necesitas traer una bolsa de mano pequeña. Me reuniré contigo en JFK y tomaremos un taxi hasta el apartamento. Todo lo que necesitas hacer cuando estés aquí es relajarte. Prepararé buena comida, veremos películas, escucharemos música y nos pondremos a bailar un poco en el apartamento. Siento que el viaje sería algo que esperarías con ansias y te prepararía bien para cuando regreses a Chile para la cirugía.

166

Entonces, con suerte, podrás volver en marzo o abril para comenzar tu nueva vida conmigo en Nueva York.

Si compramos el boleto y luego resulta que no puedes viajar, no es el fin del mundo. Volaré a Chile para Navidad, incluso si debo tomar un vuelo escalado. A veces, necesitamos arriesgarnos y subirnos a la ola de la incertidumbre hacia el futuro. El viaje a Nueva York es tu recompensa. Tu luz al final del túnel. El amor y la positividad nos ayudarán a salir adelante. La decisión más optimista para nosotros es arriesgarnos y comprar el boleto.

Escribes tan bellamente.

Gracias.

Estoy muy feliz de ir a Nueva York... Ahora mismo, voy a comprar el boleto de avión

Excelente.

El pitido persistente de una alarma rompe la quietud de la mañana. Lentamente, los ojos de Paola se abren. Sus ojos se abren ligeramente al darse cuenta, y un sutil destello de miedo pasa por su rostro. Hoy es el día, el día de su primer tratamiento de quimioterapia. Se levanta lentamente. Se sienta en el borde de la cama, con las manos en las rodillas, mirando al suelo.

"Bien... Aquí vamos de nuevo," ella se susurra suavemente a sí misma.

Se acerca y levanta su teléfono. El pitido se detiene cuando se apaga la alarma. Mientras mira el teléfono, ve un mensaje de Patrick.

Buena suerte esta mañana, mi amor. Espero que todo vaya bien con tu primer tratamiento. Mucho amor y besos.

Paola puede sentir la profundidad del amor de Patrick por ella en cada palabra sincera que escribe y en cada gesto que hace, y eso significa mucho para ella. Sin embargo, mientras se prepara mentalmente para su primera quimioterapia, la realidad es que está sola. Por supuesto, su

167

madre está en la habitación de al lado, pero apenas se da cuenta de lo que Paola está pasando. Paola se enfrenta, por segunda vez, a este tratamiento agresivo sola. Respira hondo, se estabiliza, acepta en silencio su destino. Paola se pone de pie y camina hacia el baño.

La sala de quimioterapia es grande y clínica y está llena de filas de pacientes. Se pueden escuchar suaves soplos y el sonido ocasional de un goteo intravenoso, junto con el silencioso movimiento de las enfermeras que atienden a sus pacientes. Paola está envuelta en una manta suave y cálida, con su máscara cubriendo su nariz y su boca. Sus ojos están cansados, pero hay una resolución tranquila en ellos. Mira a los otros pacientes; algunos están descansando, mientras que otros miran hacia adelante con expresiones vacías, y otros tienen los ojos cerrados.

Una enfermera camina por la habitación, revisando los goteos, con la cara oculta tras su propia máscara, asegurándose de que todo funcione sin problemas. Paola está desconectada de los demás, perdida en sus propios pensamientos, pero hay una comprensión y una solidaridad tácitas entre ella y los demás pacientes. Cerca del final de su tratamiento de cuatro horas, Paola sostiene su teléfono mientras escribe un mensaje de texto a Patrick.

Me acaban de decir que el médico programará la próxima quimioterapia para mí cuando tenga mi chequeo el 6 de julio. Dependiendo del nivel de mis defensas, me dará la fecha de mi próxima quimioterapia.

Gracias por avisarme. ¿Ya casi has terminado con la quimioterapia de hoy?

A la 1 pm., mi hermano Andreas me recogerá y se quedará conmigo en el apartamento esta noche. Si no tiene noticias mías, hablaremos mañana.

El cuerpo de Paola se siente pesado, como si estuviera librando una batalla que no puede ver. Es el costo tácito de la quimioterapia: lentamente, día a día, le está quitando la fuerza y, a su vez, le está

168

provocando ansiedad. Estaba muy preocupada por la posibilidad de que no estuviera en condiciones físicas para continuar con el tratamiento. Ella compartía sus preocupaciones con Patrick.

Mis glóbulos blancos estaban muy bajos al momento de la quimioterapia. Me temo que podría no estar en condiciones de recibir mi segunda quimioterapia la próxima semana.

Me propuse ser lo más solidario posible, sumergiéndome en Internet en busca de las mejores estrategias para fortalecer las defensas de Paola.

"El zinc es uno de los mejores alimentos que estimulan los glóbulos blancos que puede consumir, ya que puede ayudar al cuerpo a producir más glóbulos blancos y a hacer que los existentes sean más agresivos".

A Paola le extrajeron sangre unos días antes de que esperara recibir su segunda quimioterapia. Desafortunadamente, los resultados de sus análisis de sangre no fueron favorables.

Paola se sienta en la cama y le envía un mensaje de texto a Patrick para avisarle, con expresión triste y frustrada.

No puedo hacer mi segunda quimioterapia esta semana porque tengo las defensas muy bajas. Debo esperar una semana más, hasta el próximo viernes.

Lamento mucho oír eso. Debe de ser muy molesto. Como saben, llegaré el jueves anterior. Al menos tendremos un día juntos en el que tengas algo de energía. No dudes en llamar si lo deseas.

Casi inmediatamente después de enviar su último mensaje de texto a Paola, suena su teléfono. Él responde. Paola está de pie en su habitación, mirando a Patrick en silencio. Su cabello ahora está afeitado con grandes parches de calvicie. Ha estado llorando.

"Lo siento, Paola. I am sorry."

"Mi defenses super low."

"¿Por qué? Why? Eating good food. No?"

Paola mira a Patrick como un niño molesto y culpable.

"Si. A little pero mucho chocolate y pasteles. Mucho. Mucho stress con my mother. Necesito sugar."

Patrick sonríe empáticamente y asiente.

"Oh, Paola. Cuando me in Chile, I will make mucho bien comida for you. Ok."

"Gracias. Thank you!"

"You are welcome. We will be together soon! Juntos pronto!"

"So happy. Súper Feliz. ¡Te necesito conmigo! I need you with me!"

Capítulo 18

Patrick sale del reclamo de equipaje en el aeropuerto de Santiago y camina hacia la cafetería cercana. Ve a Paola sentada cómodamente, con la mirada fija en la pantalla brillante de su teléfono. Lleva un sombrero marrón que combina con su atuendo y le cubre la calva irregular. Antes de que pueda alcanzarla sorprendida, Paola levanta la vista de su teléfono; su expresión cambia mientras una chispa de emoción se enciende en sus ojos. Una amplia sonrisa se extiende por su rostro mientras se levanta de su asiento, con movimientos sorprendentemente animados, un marcado contraste con el cansancio de sus últimos días. Ella habla suavemente; su voz, llena de pura alegría.

"Patrick! Mi amor!"

En un instante, están en los brazos del otro, intercambiando un beso profundo y amoroso. Después de un abrazo largo y apretado, se apartan ligeramente, aún abrazándose el uno al otro. Patrick la mira, sonriendo, levantando el dedo índice como si estuviera haciendo una declaración.

"Una mes. One month!"

La risa de Paola estalla, una ola melodiosa de alegría y deleite que llena el aire de pura felicidad.

"Sí. Súper. Wonderful. Wonderful. So happy. Feliz. Feliz."

Se abrazan una vez más, se toman de la mano y caminan hacia el estacionamiento. Más tarde esa tarde, el sol cuelga bajo en el cielo sobre la Avenida de Valparaíso en Viña del Mar. La calle está llena de zumbidos de actividad. Patrick y Paola, tomados de la mano, caminan uno al lado del otro. A pesar de las multitudes que los rodean, su mundo se siente como si fueran solo ellos dos. Miran escaparates mientras caminan, deteniéndose ocasionalmente para mirar la ropa. Los ojos de Paola bailan sobre las vibrantes prendas. Desde muy joven, ha tenido una pasión innata por la moda y el estilo, imaginando constantemente combinaciones de atuendos. La emoción de armar el conjunto perfecto alimenta su entusiasmo. En lugar de entrar a hacer una compra, sonríe ante las pantallas coloridas, completamente inmersa en la emoción de navegar.

Pasan por una sala de cine de arte, la marquesina que muestra los títulos de las películas actuales. Paola se detiene por un momento para mirar el póster de la película que acaba de comenzar. Se vuelve hacia Patrick y sus ojos se encuentran. Hay un entendimiento tácito. Una sonrisa simple y cómplice cruza sus rostros. Sin decir nada, ambos asienten con la cabeza. Patrick da un paso adelante, compra los boletos en la pequeña taquilla y entran al teatro. Está casi vacío, excepto por algunas parejas dispersas, lo que intensifica la sensación de escape. Las luces se atenúan cuando toman sus asientos cinco filas atrás, a una distancia cómoda de la pantalla. Cuando comienza la película, Paola se inclina hacia Patrick, con la cabeza apoyada en su hombro. Ella le aprieta la mano y él le devuelve el gesto. Se miran por un momento y sonríen. El mañana tendrá sus propios desafíos. Hoy, simplemente disfrutarán de estar juntos.

La alarma del teléfono de Paola comienza a sonar, atravesando la tranquila oscuridad de la habitación. Son las 5:30 a.m., el día de su segundo tratamiento de quimioterapia.

Paola se mueve en la cama; sus ojos se abren lentamente; la alarma la saca de un sueño ligero. Ella extiende la mano para apagarlo. Ella no se mueve de inmediato. Hay cansancio en su postura mientras se sienta en el borde de la cama, mirando al vacío durante un momento, como si se preparara para lo que está por venir. Deja escapar un suave suspiro, como si estuviera reuniendo la fuerza que necesita. Luego se acerca para encender la lámpara de la mesita de noche y se pone las zapatillas. Cuando se pone de pie, Patrick se mueve ligeramente, sus ojos permanecen cerrados, fingiendo dormir. Escucha atentamente mientras Paola sale silenciosamente de la habitación, con el sonido de la puerta del baño cerrándose. Momentos después, el sonido de la descarga de un inodoro, seguido del suave arrastre de los pasos de Paola al regresar.

Patrick permanece quieto, con los ojos aún cerrados, su rostro ligeramente tenso por lo que significa hoy. Escucha mientras Paola se mueve por la habitación, vistiéndose y preparándose en silencio.

Paola recoge sus llaves de la mesita de noche y se va. En ese momento, Patrick ya no puede fingir. Lentamente, se da la vuelta y, en la oscuridad, extiende la mano; su mano encuentra la de ella. Sus dedos se cierran con delicadeza alrededor de su mano, con un agarre apretado pero tierno. Se aprietan las manos en el espacio tranquilo entre ellos, una conexión tácita más fuerte que las palabras.

Paola se inclina para besarlo suavemente; sus labios rozan los suyos: su toque tranquilizador. Habla en un susurro; su voz es una mezcla de afecto y tranquila determinación.

"Dormir. Sleep, my love. Sleep."

"I can come with you," él susurra. "Contigo."

Paola hace una pausa; su mano aún descansa en la de él. Ella lo mira, su expresión es una delicada mezcla de suavidad y determinación. Con un toque suave pero persistente, ella presiona sus labios contra los suyos una vez más, susurrando suave pero firmemente.

"No. Quiero hacer esto sola. Want... To do this... Alone. Sleep, my love."

Asiente pensativamente, con una chispa de comprensión y aceptación en su expresión.

"Ok. Text later."

Paola le aprieta la mano por última vez antes de alejarse suavemente. Patrick mira fijamente su silueta negra mientras camina hacia la puerta del dormitorio, la abre ligeramente y se escabulle. Él mira fijamente el espacio donde estaba Paola hace unos momentos. La imagen de Paola saliendo es repentinamente reemplazada por un vívido recuerdo de su madre, una versión más joven de ella, que se mueve entre las sombras de la madrugada. Recuerda cómo ella solía levantarse antes del amanecer todos los días para ir a su trabajo en la fábrica, siempre

173

saliendo de la casa en las horas tranquilas, antes de que alguien más se despertara. Nunca dijo una palabra, pero su fuerza lo decía todo. Él ve el mismo tipo de fuerza en Paola. Por un momento, Patrick continúa mirando la puerta del dormitorio ahora cerrada, con los ojos fijos en ella, perdido en sus pensamientos. Con un suave suspiro, se acomoda en la cama, su cuerpo cede a la necesidad de descansar.

La luz de la mañana se filtra a través de las cortinas, iluminando a Paola, que sigue durmiendo plácidamente. Patrick se despierta, parpadeando contra la luz temprana. Busca su teléfono en la mesita de noche y revisa la hora: 8:05 a.m.

Mira a Paola, observándola dormir por un momento. Suavemente, se desliza fuera de la cama, con cuidado de no molestarla. Se mueve silenciosamente hacia la esquina de la habitación, poniéndose la ropa: pantalones, una camisa y luego su chaqueta. Agarra las llaves de su apartamento de la mesita de noche y se las mete en el bolsillo. Echa un último vistazo a Paola y camina hacia la puerta del dormitorio. La puerta del apartamento se cierra silenciosamente detrás de él. Camina rápidamente hacia las puertas del edificio de apartamentos y sale, hacia el paseo marítimo, a solo dos cuadras de distancia. Al llegar al paseo marítimo, los cerros de Valparaíso y la impresionante costa de Viña del Mar se despliegan ante él, revelando su belleza en todo su esplendor. Hace una pausa por un momento para asimilarlo todo. Su rostro se suaviza mientras contempla la vasta extensión del mar y la costa que se extiende ante él. Respira profundamente, permitiendo que el aire fresco y salado llene sus pulmones. Por unos momentos, se queda quieto, permitiéndose absorber el momento, dejar que la belleza de su entorno se filtre en su alma. Patrick continúa caminando por el paseo marítimo, en dirección norte. Camina a un ritmo constante; su mente se calma con cada paso. El paisaje continúa desarrollándose ante él: acantilados en la lejanía, la playa que se extiende a su lado y las olas que rompen de forma continua en la orilla. Después de una corta caminata, llega a los escalones que conducen desde el paseo marítimo hasta la playa de abajo. Se sienta por un momento para quitarse los calcetines y los zapatos, luego camina por la costa, deteniéndose ocasionalmente para mirar el mar.

Otros bañistas matutinos pasan junto a él, algunos trotando, otros caminando. Él asiente y ellos le devuelven el gesto. Ellos también parecen estar en su propio mundo, encontrando consuelo en la belleza natural que los rodea antes de comenzar su día. El sonido rítmico de las olas, el suave choque contra la arena, calman su mente y su alma. Con cada paso, Patrick se encuentra envuelto en una sensación de calma, como si las mareas rítmicas del océano le lavaran suavemente las preocupaciones que lo agobian. Con cada respiración, se siente más conectado a la tierra; el horizonte ilimitado se extiende sin cesar ante él, prometiendo paz. Mientras continúa caminando, Patrick reflexiona sobre su estadía aquí durante el próximo mes. Esta caminata, con el sonido de las olas y la paz de la costa, se convertirá en un ritual diario, un pequeño consuelo en medio de la tormenta que atraviesa su interior.

Al regresar Patrick al apartamento, decide detenerse en el supermercado local cerca del apartamento de Paola. Entra en la tienda, saludando al guardia de seguridad cerca de la entrada con un asentimiento amistoso. Agarra un carrito y procede a hacer sus compras matutinas.

Patrick se sienta junto a Paola en la cama, mirándola con calidez y afecto mientras disfruta de la simple alegría del desayuno que ha preparado.

La mayoría de las tardes, mientras Paola descansa, Patrick se desplaza por las calles de Viña del Mar. El vecindario que rodea el complejo de apartamentos de Paola está lleno de pequeñas tiendas, panaderías, cafés y pintorescos restaurantes.

Mientras pasea por un bullicioso café una tarde, la escena cobra vida con risas y conversaciones. Las mesas al aire libre están repletas de gente que saborea un rico café, pasteles y el cálido sol, creando un ambiente vibrante que te atrae. Entra, asintiendo con la cabeza al barista mientras pide un café. Paga su café, sale y se sienta en una pequeña mesa al aire libre.

Toma un sorbo de café lentamente; sus ojos se desvían hacia las personas que lo rodean: turistas, lugareños, el vendedor ocasional que

175

pasa por ahí vendiendo joyas hechas a mano. El ritmo de vida aquí es diferente, sin prisas, un cambio bienvenido del caos de Nueva York. Patrick lo absorbe todo. Los colores, los sonidos, la luz del sol que se desplaza a través de los edificios y las calles empedradas. Abre su computadora portátil y comienza a escribir. Al principio, es lento, pero luego, a medida que su mente se asienta en el ritmo del proceso de escritura, las palabras comienzan a fluir. Escribir también se convertiría en un ritual regular durante el próximo mes, calmando su alma y ayudándolo a comprender por lo que está pasando.

Alrededor de 10 días después del segundo tratamiento de Paola, su energía comenzó a regresar. El miércoles por la tarde de esa semana, lleva a Patrick y a su madre a su centro médico en Valparaíso para almorzar con su hermano, Andreas.

Paola estaciona el auto frente al centro médico. Entran y son recibidos por dos recepcionistas sonrientes. A medida que suben por la escalera de caracol hacia el segundo piso, el suave murmullo de la conversación llena el aire, mezclándose con el aroma del antiséptico. Se mueven por la sala de espera, mirando los rostros de los pacientes, perdidos en sus pensamientos. Paola abre una puerta de salida a una escalera exterior. Descienden las escaleras hacia un pequeño jardín iluminado por el sol, con adoquines, un árbol y grandes plantas en macetas esparcidas por todas partes.

Un gato naranja deja escapar un maullido largo y dramático, pavoneándose hacia ellos, anhelando afecto. Patrick se agacha para acariciar al gato. Ronronea ruidosamente, apoyándose en la mano, mientras Paola y su madre entran por la puerta trasera de la casa y desaparecen dentro. Patrick se demora un momento más, el gato se frota contra su pierna, una pequeña sonrisa. Luego se levanta, susurrándole al gato.

"Hasta luego, pequeño."

Patrick entra. La cocina está a su derecha, con la ama de llaves preparando el almuerzo. Él asiente con la cabeza y ella sonríe a cambio. Camina por el pasillo hasta la sala de estar. A su izquierda, estanterías

176

altas y oscuras se alinean contra la pared. Su ritmo se ralentiza mientras se inclina para leer los lomos de los libros que contienen las obras completas de:

BAUDELAIRE

CERVANTES

LORCA

SCHILLER

CHESTERTON

TWAIN

TOLSTOI

VERNE

KIPLING

BERGSON

ROUSSEAU

JASPES

BORGES

D'ANNUNZIO

BALZAC

HUXLEY

CRONIN

WILDE

MOLIERE

GOETHE

SHAKESPEARE

STENDHAL

IBÁÑEZ

Y MÁS...

Mis ojos se iluminan al leer los nombres del autor. Nunca antes había visto tantas grandes obras literarias juntas en una estantería. Andreas, un ávido lector desde los cuatro años, había leído muchas veces las obras de estos grandes autores.

Mientras Paola, su madre y yo nos reuníamos alrededor de la mesa del comedor, esperábamos a que llegara Andreas. El aroma de una comida casera llega a la habitación desde la cocina. Pronto, escuchamos a Andreas caminar apresuradamente por el pasillo. Me pongo de pie para saludarlo y nos damos un cálido abrazo.

La familia charla mientras yo me siento y escucho, sin entender mucho. Andreas intenta algunas palabras en inglés sobre un tema que cree que me interesará, y logramos tener una breve conversación. Pero principalmente me concentro en almorzar, consciente de que estoy sentado en un comedor en Chile, en América del Sur, con mi nueva familia latinoamericana. Eso fue tan interesante para mí como cualquier conversación que pudiéramos haber tenido. Me sentía cómodo con mi nueva familia y ellos conmigo. Supongo que mi presencia aquí, en este momento de la terrible experiencia de la vida de Paola, hablaba más fuerte sobre el tipo de persona que era que cualquier conversación.

Después de la primera semana, nuestras vidas cayeron en una especie de rutina. Por las mañanas, salía a caminar por la playa o me sentaba en la terraza del apartamento a leer, disfrutando de la paz. Almorzábamos juntos. Después, Paola descansaba, mientras yo solía

178

deambular por los barrios de la ciudad. Muchas tardes, me sentaba en la pared del paseo marítimo y veía la puesta de sol sobre el mar. Una noche, miré fijamente el horizonte que se oscurecía hasta que desaparecieron los últimos destellos del sol. Qué hermoso espectáculo para contemplar cuando uno se toma el tiempo para apreciarlo. Regresaba al apartamento y encontraba a Paola sentada en la cama viendo un documental, navegando por sus redes sociales o charlando con un amigo. Le preparaba té con pan y queso y se lo llevaba, un gesto simple pero sincero de amor y cuidado que realmente tocaba su alma.

Alrededor de dos semanas después de su segunda quimioterapia, comenzó a sufrir neuropatía, lo que se tradujo en un fuerte dolor en las piernas, entumecimiento en los pies y cosquilleos en las manos. Después de comer, me sentaba junto a su cama para masajearle las piernas y los pies. Ella apreció el amor y la atención, aunque no creo que ayudara mucho a aliviar la incomodidad. En el transcurso de su tratamiento, el dolor y el entumecimiento se volvieron cada vez más intensos. Es cierto lo que dicen sobre la quimioterapia. El tratamiento suele ser peor que la enfermedad, aunque la enfermedad lo matará sin él. La quimioterapia estaba funcionando. El bulto se había reducido significativamente en tamaño al recibir su tercer tratamiento. Sin embargo, el costo a largo plazo en su cuerpo fue significativo.

Después de darle un masaje, regresaba a la terraza para sentarme y escuchar música mientras miraba el cielo nocturno. Terminábamos la noche, sentados en la cama, viendo la televisión. Le masajeaba la nuca o simplemente nos tomábamos de la mano, disfrutando de una comedia popular ambientada en Santiago. No entendí mucho del diálogo, pero sí entendí lo que estaba pasando. Las comedias de situación usan la misma fórmula adictiva en todo el mundo. En momentos como estos, son la distracción perfecta.

Los días y las semanas de nuestro mes juntos iban y venían. Por la tarde de mi último día, regresamos al centro médico para un almuerzo final con Andreas.

Patrick, Paola y Carmen ya están sentados a la mesa del comedor. Hay un silencio de espera mientras se espera la llegada de Andreas. Desde el pasillo, Andreas entra lentamente, con una amplia sonrisa en el rostro. Sostiene algo en la mano derecha: un libro encuadernado en cuero. Patrick se pone de pie cuando Andreas se acerca.

"This is for you... a present."

"Cervantes. Wow. Super. Muchas gracias, Andreas. This is wonderful. Thank you."

Andreas responde, despacio pero con sinceridad.

"You are very welcome. You are... a good man. Thank you... to visit... my sister... difficult time."

Carmen mira hacia arriba; su expresión brilla de admiración. Junta las manos en un breve gesto de oración.

"You are a very good man. Thank you. Thank you."

Patrick, profundamente conmovido, abraza a Andreas; el libro aún se sostiene suavemente entre ambos. De repente, Paola se levanta de un salto, sonriendo ampliamente.

"Photo. Photo!"

Agarra su teléfono, se pone de pie y toma una foto de Patrick y Andreas, ambos sonriendo, sosteniendo el libro entre sí. Una pequeña erupción de aplausos y risas. Luego se sientan a disfrutar de su última comida juntos.

Aunque fue difícil decir adiós después de pasar más tiempo juntos, Paola y yo sabíamos que era lo mejor. Tuvimos suficiente experiencia con el amor para comprender lo frágil que es, especialmente cuando apenas empieza a crecer. Mi amor por Paola era demasiado joven para soportar de cerca y durante demasiado tiempo la realidad de sus cargas cotidianas: el peso de su tratamiento contra el cáncer y la tensión con su madre por la demencia de esta. El peso de todo era

180

abrumador y, en el fondo, ambos sabíamos que las presiones que enfrentábamos podrían finalmente sofocar nuestro amor. Paola estaba muy agradecida de que viniera, pero era hora de irme.

Después de disfrutar del almuerzo con Andreas, regresamos al apartamento. Comencé a recoger las últimas pertenencias. Todavía teníamos una hora antes de que tomara un autobús al aeropuerto para un vuelo nocturno de regreso a Nueva York, así que decidimos dar un pequeño paseo por la playa. Caminamos un poco, nos sentamos en la pared del paseo, miramos el mar y nos tomamos selfies con el mar de fondo. Luego regresamos al apartamento para recoger mis maletas y despedirnos de la madre de Paola.

De pie cerca de la entrada del autobús, nos abrazamos una vez más y compartimos un cálido beso. Subí al autobús y subí las escaleras. Mientras tomo asiento, miro por la ventana y veo a Paola caminando hacia la entrada de la terminal de autobuses. Ida.... ida.... ido. Ella nunca miró hacia atrás. Ella nunca lo hizo.

El autobús asciende por la sinuosa carretera, dejando atrás la bulliciosa ciudad y adentrándose en el impresionante paisaje más allá.

Mientras el autobús salía de la ciudad, sentí que los obstáculos del tiempo y la distancia volvían a surgir... Pensé en la Navidad, cuando esperábamos estar juntos de nuevo: un destello de luz al final de un túnel largo y oscuro. Necesitábamos mantenernos enfocados en esa luz si íbamos a superar este momento... y permanecer juntos. Era la única manera.

181

Capítulo 19

Paola se sienta frente a su médico, escuchando atentamente. Ella asiente con la cabeza mientras él repasa los resultados de su análisis de sangre, con una expresión tranquila pero cansada.

Paola empuja un carrito de compras por pasillos estrechos, seleccionando verduras, té, pan y queso, entre otros artículos. Lleva dos bolsas pesadas por la calle hasta su edificio de apartamentos.

Paola hace fila. Ella realiza un depósito y luego paga varias facturas. El cajero le dirige una sonrisa comprensiva. Ella le devuelve una sonrisa cansada.

Paola lucha por ayudar a su madre a entrar en la ducha. Es incómodo y difícil. Sus brazos tiemblan de esfuerzo, pero lo hace suavemente.

Paola se sienta en una silla de quimioterapia. Una manta cálida le cubre las piernas. Sus ojos están cerrados. Ella está descansando.

Paola está acurrucada en la cama, envuelta en una manta acogedora. Su cabeza calva descansa sobre la almohada. Su rostro está pálido, hinchado y sin color. Ella está tratando de conciliar el sueño. Desde la habitación contigua, el sonido de la televisión retumba. Paola hace una mueca; se frota las sienes. Con un gemido, empuja la manta a un lado y se sienta. Ella hace una mueca de dolor mientras coloca cuidadosamente sus pies en el piso del dormitorio. Baja la cabeza por un momento, se levanta, sale de su habitación y entra en la de su madre.

Patrick se sienta cómodamente en su sillón, con la tableta en la mano, leyendo Don Quijote. En la repisa de la chimenea, la copia encuadernada en cuero del mismo libro, regalo de Andreas, descansa junto a la colección de libros de Patrick. Suena su teléfono. Se inclina hacia adelante y lo recoge de la otomana. Es una videollamada: Paola. Desliza para responder.

El rostro de Paola llena la pantalla: calvo, hinchado, con una expresión tensa y cansada. Sus labios están apretados. Ella está tratando de no llorar. La sonrisa de Patrick se desvanece poco a poco por la preocupación.

"Hola, Paola. ¿Qué pasó? What is wrong?"

Paola no responde de inmediato; solo mira fijamente la pantalla, con los ojos intensos y tristes. El silencio entre ellos se extiende. Patrick se queda callado y paciente.

"Mal. My mother. TV... súper fuerte. No puedo sleep. I cannot sleep. Necesito rest. Very tired."

"Lo siento, Paola. I know it is difícil. Pero in cuatro mes — in four months — you come to New York. Para distraction, focus on learning English cada día. We can hablar English cada noche."

Los ojos de Paola se abren como platos. Ella se tensa. Patrick ve el cambio, pero todavía no entiende por qué. De repente, la voz de Paola irrumpe en la pantalla.

"English? English?! I study English every day! Remember nada! Nothing! Me estúpida! Every day I study. Toda mi vida. In college. All my life. Study! Remember nothing. Me estúpida! Estúpida! Estúpida!"

Patrick se sienta congelado, respirando profundamente mientras lidia con una mezcla de emociones, heridas enredadas con una comprensión renuente. Una sonrisa irónica cruza su rostro, revelando la ironía del momento. Paola había dicho todo en un inglés comprensible.

"You said *todo eso*... in English."

"Me estúpida. Siempre estúpida. Toda la vida."

Ambos se miran en silencio. Patrick tiene poca paciencia con las muestras de autocompasión. Paola está pasando por un momento difícil solo, pero siente que no merece esta reacción violenta. Simplemente estaba tratando de ser positivo y solidario como siempre.

183

Su temperamento irlandés burbujea a la superficie. Se rompe, más fuerte que nunca.

"Stop, Paola! Stop! ¡Tú no eres stupid! Sí — tu vida es difícil. Muy difficult. But STOP! ¡Pobre Paola! ¡Pobre Paola! ¡Pobre Paola! No tiempo for esta. No tiempo. Stop. ¡No más estúpida, estúpida, estúpida! STOP!"

La expresión de Paola se bloquea con incredulidad, los ojos muy abiertos y electrificados por la conmoción. Este no es el hombre que conoce; está irradiando una intensidad que nunca antes había visto. La tensión crepita entre ellos, envolviendo el momento en un pesado silencio mientras su furia se cierne en el aire, palpable y cargada. Finalmente, Paola habla en voz baja, con frialdad.

"Mejor me voy."

"Ok."

Se miran el uno al otro durante un momento más, no con odio, sino con una tristeza profunda y dolorosa. Ambos cuelgan.

Patrick golpea su teléfono contra la otomana y se recuesta en su silla. Todavía está enojado, pero ahora también está mezclado con arrepentimiento. Se sienta en silencio, mirando al vacío. Tarda un par de minutos en calmarse. Luego toma su teléfono y comienza a escribir.

Lo siento mucho. Sé que la vida es complicada para ti en este momento. Pero odio cuando dices que eres estúpida. Eso me hizo perder los estribos. Me enoja mucho cuando hablas así.

Colgó su teléfono. Blue lo mira y comienza a maullar. Patrick se levanta, entra en la cocina y abre una lata de comida para gatos. Desde la cocina, un pitido, un mensaje. Patrick regresa a la sala de estar, toma su teléfono y lee.

Gracias por tu amor, Patrick... Lo siento por ti. Eres una persona maravillosa y te mereces una joven tremendamente hermosa y profesional. No estoy segura de qué puedo aportarte. Soy una persona

184

que no aporta nada a este planeta... Ni como hija, ni como hermana, ni como madre, ni como pareja.

Patrick se sienta con un profundo suspiro. Comienza a escribir.

¿Por qué hablas así? Es tan pesado y oscuro. Quiero estar ahí para ti, pero me asusta cuando hablas así. Por favor, deja de hablar así.

No la estoy pasando bien, Patrick... Estoy tratando de aparentar que estoy bien, pero no lo estoy. Prefiero que nos comuniquemos menos mientras dure mi tratamiento.

Ok. Entiendo. Sí, deberíamos tomarnos un descanso de las videollamadas, pero aun así, envíame un mensaje de texto para informarme de cómo estás.

Mira fijamente la pantalla. No hay respuesta. Finalmente, se levanta, se cepilla los dientes y se pone la ropa de dormir. Revisa su teléfono por última vez. Nada. Lo deja y se mete en la cama. Blue salta sobre la cama y se sienta cómodo a los pies de Patrick. Por la mañana, Patrick se despierta al sonido de Blue maullando al final de la cama. Toma su teléfono y comienza a escribir.

Buenos días, Paola. Espero que te sientas mejor. Por favor, avísame si hay algo que deba tener en cuenta.

Patrick no tiene noticias de Paola durante todo el día.

A última hora de la noche, llega un nuevo mensaje: un correo electrónico que Paola reenvía de su médico.

Hola Paola.

Su recuento sanguíneo es bueno.

Su cuarta sesión de quimioterapia está programada para mañana por la mañana.

185

Patrick y Paola se miran a través de sus teléfonos. No están tratando de decir una palabra; simplemente están dejando que el silencio hable por ellos. Una pequeña sonrisa de Patrick. Un suave parpadeo de Paola. Están de vuelta.

A la noche siguiente, volvíamos a hacer videollamadas. Necesitábamos vernos, mirarnos a los ojos, para ver si queríamos mantener vivo nuestro amor en este momento difícil. Tuvimos nuestra primera primer argumento principal, y habría más, como en cualquier relación, una forma necesaria de aclarar el aire.

Patrick está sentado en su silla durante una videollamada con Paola. Paola está sentada cómodamente en su cama. Mientras hablan, Patrick nota que ella mira repetidamente su propio reflejo en la pantalla, frunciendo el ceño, inclinando la cabeza, juzgándose a sí misma en silencio.

"¿Qué es the problem, Paola?"

Ella suspira dramáticamente.

"Oh my God... muy gorda. Very fat. ¿Dónde está Paola? Esta is not Paola."

Una semana después de su cuarto tratamiento, su cabello ha desaparecido por completo, incluidas las cejas, y su piel está extremadamente hinchada. Él no quiere mentir, pero tampoco quiere herir sus sentimientos. Su cara se tensa, tratando de no reír.

"No... no es so mal..."

"No. No. No. Me very very fat. Me Buddha."

Lentamente comienza a presionar su barbilla hacia abajo contra su cuello; los labios se curvan en una sonrisa caricaturescamente amplia; los ojos se salen: es ridículo y es perfecto. Se parece exactamente al Buda.

Patrick se echa a reír, hace una mueca, se tapa la boca, tratando de contenerla.

"Paola! Stop! Stop. It is super extraño. Stop. Stop!"

"Look! Mira! Me Buddha."

Lo hace de nuevo, sosteniendo la cara durante unos segundos más, intentando no reírse. De repente, su risa rompe la máscara, y pronto ambos se ríen incontrolablemente.

"You are funny. A little crazy, but very funny."

"I know. I know."

Ella hace la cara de Buda por última vez y se derrumba en un ataque de risa. Patrick niega con la cabeza, sonriendo cálidamente. Siguen riendo. A miles de kilómetros de distancia. Y completamente juntos.

Paola se sienta en una silla, con una manta sobre ella, compartiendo la habitación con varios pacientes con cáncer. Las enfermeras se mueven de un paciente a otro. Su rostro está pálido, sus ojos cansados pero tranquilos. Se está sometiendo a su quinto tratamiento.

Paola se sienta en la cama, apoyada en almohadas. Ella hace una mueca y se inclina hacia adelante, aplicándose crema medicinal en los pies y las piernas. Se frota lentamente, metódicamente, apretando el dolor. Sus dedos de los pies están entumecidos, pero el dolor late detrás de ellos. Su madre está en su habitación de al lado, ajena a lo que está pasando a su hija al otro lado de la pared.

Paola entra cojeando en la cocina, con la mano apoyada en la pared para mantener el equilibrio. Ella hace una mueca con cada paso. El linóleo se siente como agujas en los pies entumecidos. Se mueve lentamente, hirviendo el agua. Se hace un plato pequeño. Se apoya en el mostrador, exhausta, con los ojos medio cerrados.

La neuropatía fue el principal efecto secundario que Paola experimentó durante la quimioterapia. Entre su quinto y último

187

tratamiento, tenía dolor e incomodidad constantes. No podía sentir sus pies por el entumecimiento; el dolor extremo recorría sus piernas y sus manos hormigueaban constantemente. Sin embargo, cuando el médico le dio el visto bueno para recibir su tratamiento final, como lo planeado, se sintió triunfante.

Patrick y Paola están compartiendo una videollamada.

"¿Todas bien con el doctor?" Patrick pregunta.

Sus ojos brillando, el puño en *el aire.*

"Super bien. Final chemo Friday. So happy. Super feliz. Happy. Happy. Happy!"

Patrick sonríe ampliamente, alzando su propio puño en apoyo. Mira a Paola con gran admiración. De hecho, es una reina celta, pensó para sí mismo, con un corazón bondadoso y una profunda fuerza interior tan fuerte como el acero.

"Super. Tú eres muy fuerte. A very strong woman."

"Gracias. Yo sé. I know. I know." ella responde con orgullo.

Ella suelta una carcajada. Patrick también se ríe, sintiendo la calidez de su energía mientras se extiende a través de la pantalla. A medida que su conversación fluía, una ola de alivio los inundó a ambos, aliviando la tensión que se había cargado. Intercambiaron sonrisas; cada palabra los acercaba. Por fin, sienten que el gran peso empieza a aligerarse.

Patrick se despierta, como de costumbre, con los gritos de Blue, que quiere su alimento matutino. Se da la vuelta, toma su teléfono de la mesita de noche y escribe un mensaje:

Buenos días, Paola. Espero que su tratamiento final vaya bien esta mañana. Pensando en ti. Siempre.

Deja el teléfono y se dirige a la cocina. Círculos azules alrededor de sus piernas, maullando.

"Está bien, está bien. Primero, el desayuno: pequeño."

Alimenta a Blue, se prepara un desayuno rápido, se ducha y sale a hacer su compra semanal. Patrick maniobra un carrito por la sección de productos. Su teléfono zumba. Revisa la pantalla: Mensaje de voz de Paola – 8:30 AM. Presiona Play. Ella suena ansiosa.

"Good morning, Patrick. Patrick, umm... me clock... no, no listen... no hear. Yo voy in car now... oh my God. Very, very late. Me no sleep... no awake. Oh my God. Me in the car. No, in the hospital. Oh my God. Light red. Red. Red. Red. *Que tengas un buen día.* Have a beautiful day. Relax. Relax. *Besos. Besos. Besos.* Kiss. Kiss. Kiss."

Patrick escucha, con una sonrisa tirando de una comisura de la boca, incluso cuando la preocupación brilla en sus ojos. Sus acento spanglish y chilenos son tan lindos, piensa para sí. Escribe una respuesta rápida.

Lamento saber que dormiste hasta tarde. Espero que llegue a su tratamiento a tiempo.

Vuelve a guardar su teléfono en el bolsillo y continúa por el pasillo. Paola, nerviosa y medio despierta, agarra el volante mientras cruza el tráfico. La luz se vuelve verde.

"Vamos, vamos..." Ella murmura para sí misma.

Ella gira bruscamente hacia la izquierda. Sus ojos se mueven a su alrededor, no hay lugares para estacionar. Luego, como si el universo escuchara su pánico, ella lo ve: un lugar perfecto directamente frente a la entrada del hospital. Paola se detiene con facilidad, salta y sube corriendo los escalones de la entrada. Patrick coloca los artículos en el transportador de autopago. Su teléfono vuelve a sonar: 8:39 a.m. Paola envió una foto. Abre el mensaje. Una *selfie:* Paola en su silla de quimioterapia, con la máscara bajada, sonriendo como siempre. Sus ojos brillan a pesar de todo. Patrick sonríe mientras escribe su respuesta.

189

Hola, Paola. Ya estás en el hospital. Guau. Eso fue rápido.

Sí. Un lugar de estacionamiento frente al hospital.

Guau. Fenomenal.

Sí. Gracias, Universo. Esta quimioterapia es especialmente importante para mí. Mucha gente aquí. Te amo. Hasta más tarde.

Te amo. Hasta más tarde.

El tiempo después del tratamiento final de quimioterapia de Paola resultó ser el más difícil de todos. La neuropatía era implacable. El dolor, el entumecimiento y la fatiga nunca parecían ceder. Estaba cansada todo el tiempo; le dolía el cuerpo; su energía se agotaba. Pero a pesar de todo, Paola lo tenía claro: quería la operación posterior al tratamiento lo antes posible. Sintió una estimulante sensación de determinación mientras se preparaba para dar sus próximos pasos hacia el futuro. Cuando su médico le dijo que la operación estaba programada para el 23 de noviembre, el Día de Acción de Gracias, se llenó de alegría. Se sintió como una señal. Momento perfecto. Eso le daría un mes entero para recuperarse y ganar fuerzas suficientes para nuestra reunión navideña en Nueva York. Por primera vez en mucho tiempo, ambos sentimos que estábamos corriendo colina abajo en lugar de luchar por escalarla. Con lo peor del tratamiento detrás de ella, el tiempo volvió a pasar rápidamente.

El sol se derramó sobre Manhattan, en sus vibrantes calles. El aire se llenó de una sensación de calidez y festividad, prometiendo un día de gratitud y celebración. Desde la perspectiva de un pájaro del Upper West Side, el Desfile del Día de Acción de Gracias de Macy's serpentea por Central Park West. Al este, en la quietud de Central Park, cinco patinadores patinan juntos en Skater's Road. Patrick, Sal, Liz (finales de los sesenta, judío estadounidense, instructor de ejercicios, patinador), Jeff y Johnny (mediados de los cincuenta, estadounidenses blancos, jubilados, patinadores). ¿Qué mejor manera de comenzar el Día de Acción de Gracias y abrir el apetito que patinar con amigos que se sienten como en familia? Familia Skate.

190

Patrick está reproduciendo una lista de reproducción en su teléfono a través del altavoz. Cuando suena su teléfono y corta la música por un momento, el grupo gime en protesta juguetona.

"¡Oye! ¡Estás arruinando el ambiente!" Sal se queja en broma.

"Lo siento, chicos," èl sonríe.

Patina hacia el banco, levanta el teléfono y ve un mensaje de Paola. Lo abre. Una foto llena la pantalla. Paola con su toga y birrete de cirugía. Su máscara está debajo de su barbilla para revelar su sonrisa. Se ve tranquila, radiante y llena de coraje. Sus ojos, atravesando la pantalla, lo alcanzan.

Luego, la segunda foto. Su pecho marcado y vendado, vulnerable y honesto. Un punto negro marca la mancha del bulto original. Ella quiere que él esté allí. Estar realmente allí, ver lo que ve, sentir lo que siente. Por un breve momento, Patrick se congela en su lugar, su teléfono agarrado con fuerza en la mano, la mirada fija en la pantalla.

La anestesia es total... me hacen dormir.

Patrick comienza a escribir su respuesta.

¿Cómo te sientes? Espero que la operación salga bien. Estoy patinando con algunos amigos. Más tarde, iré a casa de Conor y María a la cena de Acción de Gracias. Disfruta de tu sueño, mi amor.

Ella no respondió.

Patrick está con Conor, María, sus tres hijos y un par de sobrinas de Conor, junto con sus novios que viven en Manhattan. Están saboreando una deliciosa cena, inmersos en una animada conversación que fluye tan fácilmente como el vino. Después del postre, Patrick juega con los niños en el piso de la sala de estar, toma una foto de ellos y se la envía a Paola.

Más tarde, todos se sientan en la sala de estar con una copa de vino o cerveza en la mano, continuando la conversación. Los niños están dormidos en sus camas. El teléfono de Patrick emite un pitido. Lo saca para ver un mensaje de Paola.

Hola, Patrick... Acabo de regresar del hospital... Mi hermana y mi mejor amiga, Ninel, estuvieron conmigo desde el principio... Ahora estoy un poco cansado... Envía mi saludo y mi amor a los niños y a sus padres... ¡Qué foto tan hermosa! Te amo... abrazos y besos.

Patrick comparte los saludos de Paola con todos. Escribe su respuesta.

Estoy feliz de que estés en casa. Todos saludan. ¡Yo también te quiero!

La operación salió bien. No se encontró ni rastro del bulto original. Sin embargo, para asegurarse de que estaba libre de cáncer, se le realizó una biopsia, cuyos resultados no se conocerían hasta principios del Año Nuevo. Decidimos sacarlo de nuestras mentes por ahora y esperar con ansias la temporada navideña. En solo unas semanas, finalmente nos reuniremos, no a través de videollamadas, sino en persona, ¡uno al lado del otro! Luchamos duro cada uno a su manera. La guerra no ha terminado, pero se han ganado batallas. Estar juntos en Navidad y en Año Nuevo. Esta es nuestra recompensa, nuestra luz al final del túnel.

192

Capítulo 20

Es la mañana de Navidad. En la tranquila zona de llegadas internacionales, Patrick se para ansiosamente, mirando el monitor del techo, que muestra los últimos horarios de llegada. El avión de Paola, que venía desde Santiago, aterrizó hace unos 30 minutos.

A través de la puerta corrediza aparece un asistente del aeropuerto, que lleva a una mujer en silla de ruedas y arrastra una maleta grande. Es Paola. Su cabello está comenzando a crecer nuevamente en parches, una señal esperanzadora de recuperación para quienes se han sometido a tratamiento contra el cáncer. Ella está buscando a Patrick. Se levanta y se apresura a encontrarse con ella. Se acerca sigilosamente detrás de la silla de ruedas para sorprenderla y tocarle el hombro. Ella se gira y le sonríe encantada. Se inclina para besarla. El asistente del aeropuerto se conmueve por el momento, gratamente impresionado por el amor que resuena entre la pareja. Paola se levanta de la silla de ruedas mientras Patrick toma la maleta del asistente del aeropuerto y le agradece con una propina. Se abrazan de nuevo con fuerza. Patrick agarra el asa de la maleta con confianza en una mano y toma la de Paola con la otra. Juntos, caminan hacia la salida.

Un taxi amarillo se detiene en la acera frente al edificio de apartamentos de Patrick. Patrick y Paola salen. Patrick agarra la maleta del maletero y le paga al conductor. La cabina se aleja. Se detienen por un momento, contemplando la calle tranquila. Patrick abre el camino hacia su apartamento, cargando la maleta grande por las estrechas escaleras. Llega a la puerta del apartamento, un poco sin aliento. Coloca la maleta afuera de la puerta. Se gira, esforzándose por captar cualquier sonido en el silencio. Pero no oye nada. Con cierta preocupación, vuelve a bajar las escaleras.

Cuando llega al tercer piso, ve a Paola sentada en los escalones, con la respiración entrecortada. "Toma, déjame ayudarte", ofrece,

193

extendiendo la mano hacia ella. Pero con un brillo feroz en los ojos, ella niega desafiante con la cabeza y rechaza su ayuda.

"No. Yo puedo sola."

Él la mira sentada allí por otro momento. Él asiente con la cabeza y se gira para subir las escaleras de nuevo. Ella se levanta lentamente, agarrándose a la barandilla. Paola sube las escaleras, un paso decidido a la vez, hacia el amor, la paz y el descanso que sabe que la esperan en la cima.

Más tarde esa noche, Blue duerme acurrucado en una bola en la cama. Patrick, con una sudadera con capucha roja y pantalones de pijama con monstruos de nieve, se sienta en el borde de la cama junto a Paola, que viste un pijama de terciopelo con orejas de gato de color crema. Paola sonríe ampliamente mientras levanta su teléfono para tomar una *selfie* de los dos, deleitándose con el momento y con su reunión. Pero justo en ese momento, el recuerdo de su regalo para Anthony le surge a la mente. Ella sonríe con entusiasmo.

"Yo tengo gift for you."

Patrick se pone de pie, sonriendo.

"Great. Yo tengo gift for you too."

Se levanta, camina hasta su gran maleta junto a la ventana y la abre. Ella saca una chaqueta de invierno naranja quemada y se la entrega.

"Thank you. It is beautiful. Very elegant."

"I know. Muy European."

Patrick se lo pone y le da un pequeño giro para modelarlo para ella. Encaja perfectamente. Paola asiente con aprobación.

"Muy guapo. Very handsome!"

194

Patrick sonríe, se lo quita suavemente y lo cuelga en el perchero del armario. Del armario, saca una caja de regalo grande y envuelta y la coloca sobre la cama. Se la da, sonriendo.

"For you."

Paola parece intrigada. Lo desenvuelve con cuidado y abre la tapa: dentro hay un par de patines negros nuevos con ruedas rosas. Ella jadea; luego toma uno con reverencia.

"Son muy hermosos. Very beautiful. Thank you, mi amor."

Con un brillo en los ojos que irradiaba calidez, ella lo miró, completamente cautivada. Se inclinó, cerrando la distancia entre ellos, y sus labios se encontraron en un tierno beso. Respira hondo y exhala, permitiéndose relajarse por completo, ser feliz y dejar que comience el proceso de curación.

Paola se sienta en la cama viendo un documental en su tableta, sobre Charles Bukowski, un poeta y novelista estadounidense cuyo trabajo encuentra inspirador. Blue está sentada al final de la cama cerca de sus pies. Ella le sonríe, convencida de su teoría de que los gatos absorben energía negativa, especialmente la del dolor. Su neuropatía sigue siendo grave, pero la presencia de Blue le brinda consuelo.

Patrick salió de la cocina con una bandeja equilibrada expertamente en las manos. El tentador aroma del arroz, impregnado de camarones y verduras, llenó el aire. Con una cálida sonrisa, se acercó a la cama de Paola y colocó con cuidado el plato en su regazo.

"Chef's special."

Coloca con cuidado la bandeja en su regazo; una cálida sonrisa se extiende por su rostro mientras observa cómo sus ojos se iluminan de anticipación.

"Thank you, Patrick."

"You are welcome."

195

Una brisa invernal sopla a lo largo de Broadway. Patrick y Paola se sientan juntos en la parada del autobús, Patrick con su nueva chaqueta de invierno naranja. Paola lleva su clásico abrigo blanco de invierno. Paola se inclina hacia Patrick, con una mezcla de emoción y fatiga en los ojos.

"The bus is major, better. No walking. See todos."

Patrick asiente con la cabeza. El autobús número 5 se detiene; la pareja aborda. El autobús zumba suavemente mientras avanza por la Quinta Avenida. Afuera, la ciudad está viva: turistas tomando fotos frente a la Catedral de San Patricio y al árbol de Navidad del Rockefeller Center. Con una brillante sonrisa, Paola saca su teléfono con entusiasmo y captura la energía de las calles de la ciudad mientras toma fotos desde la ventana del autobús. Su alegría se refleja en las imágenes de calles bulliciosas y paisajes vibrantes. Toman el autobús hasta la calle 31, donde gira hacia el oeste, luego hacia el norte por la 6ª Avenida hasta Broadway y su apartamento, un recorrido conveniente y hermoso por el centro de Manhattan.

A medida que el sol comienza a ocultarse en el horizonte, la pareja camina de la mano hacia la entrada de la estación de metro; su risa se mezcla con los sonidos de la bulliciosa calle. El crepúsculo ofrece un telón de fondo perfecto para su aventura. Patrick lleva un taburete plegable azul en forma de disco colgado del hombro. Cuando comienzan su descenso, toma la mano de Paola y la agarra con firmeza, brindándole el apoyo tranquilizador que necesita. Descienden lentamente, deliberadamente. Se sientan juntos en el banco del metro, esperando el tren. Paola se apoya en el hombro de Patrick para consolarlo. A lo lejos, escuchan el estruendo del tren que se acerca.

El metro llega pronto y se detiene. Las puertas se abren y dan paso al gran cilindro de metal. El vehículo está lleno de gente y no hay asientos disponibles. Patrick despliega el taburete azul y lo coloca con cuidado en el suelo, genuinamente tocado.

"Mi pequeño trono."

Se baja sobre él con cuidado, agarrando el poste a su lado. Con un agarre firme, Patrick se coloca detrás de ella; sus manos descansan suavemente sobre sus hombros, ofreciendo equilibrio y apoyo inquebrantable. Se miran a los ojos durante un momento, con una leve sonrisa.

Patrick y Paola salen lentamente de la estación de metro y caminan hacia el tranvía de Roosevelt Island a una cuadra de distancia. Se unen a una pequeña multitud de turistas y viajeros que esperan que llegue el tranvía. El tranvía se acerca, deslizándose a lo largo del cable superior. Llega y las puertas se abren a ambos lados. Los pasajeros salen por un lado, mientras que el nuevo grupo, incluidos Patrick y Paola, entra por el otro.

El tranvía está abarrotado; nuevamente, no hay asientos disponibles ni espacio para el taburete azul. Patrick ayuda a estabilizar a Paola con una mano en la espalda mientras el tranvía se tambalea un poco. La cabaña se desliza silenciosamente hacia arriba y sobre el East River. A través de las ventanas panorámicas, se ve el horizonte oriental de Manhattan y sus luces brillantes. Paola, con los ojos muy abiertos, saca su teléfono y toma fotos; el deleite y la incredulidad llenan su rostro.

"Es hermoso... so beautiful," ella se susurra suavemente a sí misma.

Patrick la mira, con el teléfono en la mano, tomando fotos; la ciudad resplandeciente de fondo. Se ve más fuerte. Está empezando a parecerse a la Paola que conoció por primera vez dos navidades antes. Lleno de curiosidad y alegría al disfrutar de esta hermosa ciudad. Sonríe, feliz y contento de volver a ver a esa mujer.

El tranvía se desliza hacia abajo, descendiendo con cuidado desde las alturas del cruce del East River. Patrick y Paola se bajan con los demás pasajeros. No muy lejos, un pintoresco banco de madera descansa al resplandor de una farola cercana. Paola reduce el paso y coloca con ternura su mano en el brazo de Patrick para llamar su atención.

"Un poquito... necesito sit down."

"Of course. No problem."

Caminaron hacia el banco, bajo la sombra de un roble en expansión. Una vez sentados, intercambiaron sonrisas, saboreando el momento y la serenidad que los rodeaban. Frente a ellos, se cierne la enorme estructura del puente de la calle 59, al mismo tiempo elegante e industrial. Más allá, el horizonte de Manhattan brilla bajo el cielo oscuro. Los tranvías pasan zumbando, de un lado a otro. Paola se inclina ligeramente sobre el hombro de Patrick y levanta su teléfono para otra foto. Luego otro. Patrick la observa en silencio, cámara en mano, con los ojos muy abiertos, asombrado, mirando la grandeza de la ciudad que comienza a sentirse como en casa.

El sol brilla intensamente en una tarde fresca en Central Park. El aire es fresco y vigorizante e invita a los paseantes y corredores a sumergirse en la belleza del día, mientras las risas y los sonidos de la naturaleza llenan la atmósfera. Patrick y Paola pasan La Pien Quotidian, bajando la colina hasta Skater's Road.

La música suena desde el altavoz de Wayne, llenando el aire fresco de calidez y ritmo. Aristides, Evan, Liz y Sinan están sentados en los bancos charlando y atándose los patines. Sinan, africano, de principios de los setenta, tiene el físico que un hombre de 35 años envidiaría. Patrick disfruta de sus conversaciones con Sinan por la sabiduría y las ideas que comparte. Patrick y Paola llegan y son recibidos con golpes de puño, sonrisas y cálidos saludos.

"¿Cómo estás? Hace mucho tiempo..."

"Paola! ¡Qué alegría verte! ¿Cómo te sientes?"

Paola y Aristides se sientan juntos y entablan una cálida conversación. Patrick se sienta y comienza a hablar con Evan, balanceándose sobre sus patines a su lado. Evan se inclina hacia adelante, hablando en voz baja.

"Wayne tiene otra sopa que quiere que probemos."

198

"Oh no. ¿Qué es esta vez?"

"Espéral," Responde con una sonrisa. "Sopa de queso y hamburguesa."

Patrick se ríe a carcajadas.

"¿Qué? ¿Sopa de queso y hamburguesa? No. De ninguna manera como eso."

Cuando Wayne comienza a servir la sopa caliente en recipientes de plástico, se toman un momento para recuperarse; el aroma flota en el aire. Liz y Sinan niegan cortésmente con la cabeza. Aristides toma una pequeña cantidad. Paola agita la mano con una sonrisa, también un no. Wayne se acerca a Patrick y Evan.

"¿Quieres un poco de mi sopa de queso y de hamburguesa? ¡Está bien!"

Ambos asienten.

"Está bien... pero solo un poco. Paola y yo comimos antes de salir."

"Claro, probaré algunos." Evan responde.

"Perfecto."

Vierte la sopa en dos recipientes pequeños y se los entrega. Tanto Patrick como Evan toman sorbos cautelosos. Patrick, asintiendo, tratando de ser educado.

"Sí... muy bien, Wayne."

"Mmm. Muy bien, hombre. Realmente bueno." Evan añade.

"¡Te lo dije! Avísame si quieres más. He conseguido suficiente para todos."

Se vuelve hacia los demás para intentar convencerlos una vez más. Patrick y Evan intercambian miradas, apenas conteniendo la risa. Evan le susurra a Patrick.

199

"Creo que hay una poco hamburguesa real flotando aquí."

Patrick responde en un susurro.

"Veo un trozo de pepinillo. Lo curioso es que no sabe tan mal."

"De acuerdo. Sabe bien."

"Pero no puedo arriesgarme."

Patrick mira el pequeño recipiente que tiene en la mano, da un paso rápido a su alrededor y luego otro hacia la cerca detrás del banco. Con un movimiento rápido y astuto, inclina el recipiente a la perfección, de modo que la sopa humeante caiga en cascada sobre la hierba de abajo. Evan toma un sorbo lento; una sonrisa juguetona se extiende por su rostro mientras disfruta del momento.

"Cobarde."

Ambos se ríen mientras los demás continúan charlando a su alrededor. Paola los mira a ambos con una expresión divertida, claramente tras haber visto toda la operación de vertido de la sopa. Ella niega con la cabeza, sonriendo, pero lo entiende por completo. Le encanta Wayne, pero no hay forma de que toque sus inventos culinarios. Aristides, terminado de comer, se levanta y se desliza hacia el área de patinaje, seguido de Liz y Sinan. Patrick y Evan se unen a ellos.

Los cinco patinan juntos pero separados, haciendo lo suyo y disfrutando de la música y de la buena energía que fluye entre ellos. De vuelta en los bancos, Paola se pone de pie. Aunque carece de fuerzas para patinar, se pierde en el ritmo, dejando que su cuerpo se balancee con gracia al ritmo de la música, con una cálida sonrisa en sus labios. Baila con gracia, saboreando cada momento.

De repente, un estallido de vítores se escucha en el grupo al llegar Zorzet. Se acerca a Paola y le da un cálido abrazo, preguntándole cómo está. Una animada conversación en español llena el aire mientras intercambian historias y risas. En ese momento, Michelle entra en escena, con los patines apretados con fuerza entre las manos, lista para unirse a la diversión. Todos la saludan; luego ella se acerca y abraza a Paola con calidez y cuidado.

"So good to see you. ¿Cómo estás?"

"Gracias, Michelle. Bien. Súper bien. I am happy aquí. Here."

Zorzet y Michelle se sientan en el banco, se ponen los patines y pronto se unen a los demás patinadores. Paola continúa bailando, asimilándolo todo con una sonrisa. Wayne, sentado en el banco, lo observa todo con una pipa en la mano. Da un tirón profundo, lo sostiene y luego libera una exhalación dramática en el aire frío, retumbando de alegría.

"Aaaaaaaaaah JA JA JA JA........ME ENCANTA."

Los patinadores patinan hasta que se pone el sol. Luego, se dirigen a un acogedor restaurante del lado oeste, donde los esperan hamburguesas y papas fritas, acompañadas de una conversación fluida y animada.

Las luces de los edificios de apartamentos circundantes se ven a través de las ventanas del apartamento. Patrick y Paola están acostados en la cama, disfrutando de una película juntos. A medida que avanzan los créditos finales, una sensación de tranquilidad llena la habitación. Se acuestan uno al lado del otro, cómodos bajo las mantas. Blue está acurrucado a sus pies. Se giran para mirarse el uno al otro, con los ojos fijos en un enfoque suave y amoroso. Un beso suave. Una sonrisa sutil. Con solo mirar, a Patrick le encanta esa hermosa cara. Esos ojos, esa nariz, esos labios. Nunca cambiarán y él siempre los amará.

Estos son los momentos juntos, los más preciosos de todos. Nos devuelven a la noche en que nos conocimos. Sin palabras. Solo dos extraños en la noche, sintiendo que algo especial pasa entre nosotros. Ahora sabemos que ese sentimiento era amor y que conectó nuestras almas. Un sentimiento tan maravilloso y real. Un sentimiento y una conexión entre dos seres humanos por los que vale la pena luchar, sin importar los obstáculos que se interpongan en su camino.

El apartamento tipo estudio del Upper West Side está lleno de vida, repleto de amigos, comida y música. Una pancarta dice "¡FELIZ AÑO NUEVO!" y las coloridas tiras de luces pulsan al ritmo de la música *house*. El escritorio de Patrick se ha transformado en un bufé improvisado, repleto de platos, botellas de champán y vasos de plástico. La cama se ha empujado hábilmente hacia un lado, transformando el espacio en una cómoda sala de estar donde los amigos se reúnen para relajarse y compartir historias; las risas llenan el aire mientras charlan cómodamente. Wayne, con una pipa sujeta con confianza entre los dientes, envía columnas de humo arremolinadas por la ventana mientras se echa a reír, atrapado en una animada conversación con Kevin y Evan.

Mientras tanto, en la cama, Liz y Zorzet están en la zona, derramando afecto sobre Blue, quien se extiende como el rey del Castillo, imperturbable ante la estridente energía de la fiesta que lo rodea.

En la Sala De Estar, ¡Sal, Conor, Mary, Jeff, Louis, Sinan, Neal, Lizzie, Johnny, Nina, Benny y todo el equipo están en medio de la celebración! Están bailando, riendo y saboreando comida deliciosa, todo mientras absorben la energía que late en la habitación. Paola baila con los ojos cerrados, cautivada por la música y perdida en su propio mundo. ¡El dolor en sus pies se desvanece, eclipsado por la pura alegría de la celebración a su alrededor!

El apartamento está abarrotado, pero eléctrico, como en la escena de la fiesta de Breakfast at Tiffany's. Patrick se abre paso entre los invitados, rematando bebidas y charlando con amigos, con el rostro iluminado por una sonrisa permanente. Esto no es solo una fiesta. Es una celebración de la supervivencia, del amor, de la familia elegida. Una sala llena de bailarines, soñadores y queridos amigos. A medida que se acerca la medianoche, el apartamento zumba de emoción. Todos los invitados están reunidos frente a la tableta de Patrick, que está encaramada en la repisa de la chimenea. En la pantalla, la bola de Times Square comienza su descenso. Un reloj digital gigante de cuenta regresiva parpadea:

30 SEGUNDOS

Estallan los aplausos. Los brazos se envuelven alrededor de los hombros. Los invitados se empujan en una formación más apretada. Patrick y Paola están al frente y en el centro, abrazados el uno al otro, con los ojos fijos en la pantalla.

11 SEGUNDOS

Todos empiezan a gritar, incluida Paola.

" ¡Diez! ¡Nueve! ¡Ocho! ¡Siete! ¡Seis! ¡Cinco! ¡Cuatro! ¡Tres! ¡Dos! ¡Uno! ¡Feliz Año Nuevo!"

El apartamento estalla de alegría. Patrick y Paola se vuelven el uno al otro, con los ojos cerrados, y comparten un beso largo y profundo, abrazándose con fuerza. Se retiran, sonríen y se besan de nuevo. Luego, se dan la vuelta y comienzan a abrazarse y a gritar "¡Feliz Año Nuevo!" a sus amigos. Mientras la multitud se mezcla en celebración, Paola le da un golpecito en el hombro a Patrick. Señala el letrero "2024" que cuelga sobre la cama.

Algo es... extraño. El letrero brilla, no por las luces, sino con un resplandor suave y pulsante, como lo hizo el ramo de flores afuera del supermercado en la mañana del día de su boda. Se quedan mirando. Luego, se vuelven el uno al otro y pronuncian la misma palabra: "Guau". Una sonrisa compartida. El momento cuelga entre ellos. Una señal. Un susurro del universo. Quizás. Han llegado hasta aquí. Seguirán adelante. Junto.

Capítulo 21

Las dulces melodías de los pájaros entran por la ventana abierta, llenando el aire de un coro alegre, mientras la cálida luz del sol entra en el apartamento. Patrick está en la cocina, triturando una pastilla en un plato para gatos. Blue se frota contra su pierna, ronroneando. Justo cuando Patrick deja el plato, escucha el pitido de su teléfono. Sale de la cocina y toma su teléfono: un mensaje de texto de Paola. Sin palabras, solo un enlace de YouTube. Toca el enlace.

"Por ti volaré" de Andrea Bocelli. [Las letras en español e inglés se escuchan en pantalla.]

Patrick camina hacia la ventana del apartamento, el teléfono en la mano. Se detiene, sonriendo con ternura mientras escucha.

Un automóvil acelera por el sinuoso camino entre Viña del Mar y el aeropuerto de Santiago. Las montañas chilenas son irregulares y hermosas bajo un cielo azul claro. En el asiento del pasajero, Paola mira por la ventana. Sus ojos brillan de emoción mientras contempla el paisaje accidentado, como si lo viera por primera y última vez. En el asiento trasero, su madre se sienta en silencio, con las manos cruzadas, mirando hacia adelante, con el rostro ilegible. La hermana de Paola, Emilia, conduce en silencio.

Paola está de pie en la entrada de seguridad, con su maleta ya revisada. Abraza a Emilia con fuerza.

"Envíame un mensaje de texto cuando aterrices, ¿de acuerdo?"

Paola asiente. Luego se gira. Se enfrenta a su madre. Hay tensión. Hay historia. Pero en este momento, solo hay amor. Los ojos de Paola se llenan de lágrimas. Dos se derraman y ruedan lentamente por sus mejillas. Se inclina y envuelve los brazos alrededor de su madre. Por un momento, se abrazan con fuerza.

Su voz temblaba.

"Te amo, mamá."

Su madre responde en voz baja, pero con claridad y afecto.

"Yo también te quiero, Paola... Mi hermosa niña."

Paola se aparta un poco, mirando profundamente a los ojos de su madre, buscando. Para la mujer que una vez fue. Entonces es el momento. Paola se da la vuelta para entrar por seguridad, sin mirar atrás. Nunca lo hace. Se sienta en un asiento junto a la ventana. Su expresión emana una calma serena, una paz tranquila mientras mira por la ventana. Afuera, el cielo es de un azul radiante, salpicado de nubecillas blancas. El sol de la mañana inunda la cabaña. A través de las grietas en las nubes, el mar brilla muy por debajo. Paola apoya la frente contra el cristal. Ella sonríe satisfecha mientras contempla la hermosa vista. Cierra los ojos y respira hondo y lentamente. ¡Se siente bien!

Una larga pasarela acristalada se extiende delante de ella. Los pasajeros avanzan, arrastrando el equipaje de mano. Entre ellos está Paola, caminando con un propósito tranquilo. Se mueve con firmeza; su maleta de mano hace clic sobre el piso de baldosas; su cabello, hasta los hombros, se balancea suavemente mientras camina. Esta no es solo otra llegada; es un cruce hacia una nueva vida.

Paola hace fila, esperando. Ella da un paso adelante hacia la cabina de inmigración cuando es su turno. Entrega su pasaporte chileno y su tarjeta verde. El oficial de inmigración, un hombre de mediana edad con ojos amables, escanea su tarjeta verde y abre su pasaporte, mirando la foto. Mira a Paola. Recular. Luego se levantó de nuevo y la estudió cuidadosamente. Su rostro coincide y su cabello llega hasta los hombros, como en la mujer de la imagen. Levanta la vista hacia ella una vez más, con una suave sonrisa.

"Bienvenida a los Estados Unidos, Sra. Donoghue."

205

Él sella su pasaporte y se lo devuelve, junto con su tarjeta verde. She responds with a warm and proud smile.

"¡Gracias!"

Paola sale del reclamo de equipaje, llevando su maleta a un lado y su equipaje de mano detrás de sí. Ella está buscando a Patrick. Ella sonríe ampliamente cuando lo ve caminar hacia ella. Cuando la pareja se encuentra, se agarran de la cintura y se sonríen con profundo afecto e inmensos sentimientos de felicidad y orgullo. Patrick es el primero en hablar. "Mi reina celta", dice. "Mi rey celta", responde ella. Se besan y comparten un cálido abrazo. Patrick toma la gran maleta de Paola con una mano y la suya con la otra. Se dan la vuelta y caminan hacia la salida. Salen del edificio de la mano, mezclándose con la multitud, y pronto desaparecen en un taxi. Solo otra pareja de Nueva York tratando de llegar a casa.

Capítulo 22

A lo largo del proceso de superar los obstáculos para estar juntos, imaginé un final como el que acabo de describir. Mi luz al final del túnel. Sin embargo, había un obstáculo importante que debíamos superar antes de poder comenzar realmente nuestras vidas juntos. Servicios de Aduanas e Inmigración de los Estados Unidos (USCIS).

Paola voló de regreso a Chile a mediados de enero 2024. Tan pronto como llegó, se comunicó con su departamento de oncología para obtener los resultados de su biopsia. El administrador le dijo que los resultados no estaban listos, lo cual nos enfureció. Después de contactar directamente al médico, envió por correo electrónico las buenas noticias.

Buenos días, Paola:

La biopsia muestra una respuesta completa del tumor, lo cual es una excelente noticia.

Por lo tanto, no es necesaria ninguna terapia adicional desde la perspectiva de la oncología médica.

Debo darte de alta.

Por favor, avíseme si puede venir el viernes 19 de enero a las 8:40 a.m.

Confiamos en que este sería el resultado de la biopsia, pero no pudimos estar seguros hasta que los resultados lo confirmaron. Cuando lo hicieron, nos sentimos muy felices.

Libertad. Muy feliz. Bien hecho, mi amor. No dude en llamar. Sin presión. Sé que debes compartir las buenas noticias con todos.

Cuando tengas oportunidad, echa un vistazo a Facebook, donde acaba de publicarse la película 'Berlin' con la canción 'Happiness'. Lo

207

compartí hoy y aproveché para agradecer a todos por su amor, especialmente a ti.

Paola comparte un mensaje que ha recibido de su hermano mayor, Andreas, quien asumió el papel de figura paterna tras la muerte de su padre, cuando Paola aún era joven. Su apoyo y orientación inquebrantables han dado forma a su vida de innumerables maneras.

Paola, la alegría que sentí anoche al enterarme de tu recuperación fue infinita. Algo maravilloso. Estaba un poco emocionado y abrumado cuando te lo dije. Sabes que te quiero mucho y muy profundamente, y por eso creo que nada de lo que expreso refleja la alegría conmovedora ni toda la felicidad que sentí al enterarme del excelente resultado de tu biopsia y de tu mejoría. Te mereces lo mejor del mundo y espero que, de ahora en adelante, todas las fuerzas espirituales que nos rodean y deciden nuestro destino te recompensen, te permitan descansar, te allanen el camino y te recompensen con toda la felicidad que mereces. Un abrazo sincero y emocionado, mi hermanita.

Más tarde ese día, me comuniqué con USCIS para informarles que Paola había superado el cáncer por segunda vez. Constantemente me comuniqué abiertamente sobre nuestra situación para demostrar la autenticidad de nuestro matrimonio.

El plazo estimado para una decisión sobre el caso de inmigración de Paola fue a mediados de abril, un año después de que subí la solicitud. Sin embargo, esa fecha se había movido y cambiado muchas veces durante el año pasado; ¿Quién iba a decir que no volvería a cambiar?

Paola estaba esperando noticias de radiología sobre su cita para tratamiento de radioterapia, la medida preventiva para estar 110% segura de que su cáncer había sido eliminado. La única noticia que recibió fue que, debido a sus implantes mamarios, necesitaba tres semanas de tratamiento, en lugar de una.

Si aprendimos algo de las experiencias que compartimos, fue la importancia de seguir adelante con el proceso de vivir lo mejor que pudiéramos, independientemente de los obstáculos que se interpusieran en nuestro camino. Queríamos estar juntos para celebrar nuestro primer aniversario, que Paola venció al cáncer de mama por segunda vez y mi 50.º cumpleaños. Paola voló de regreso a Nueva York a fines de marzo con una exención de visa de 90 días y regresaría a Chile a fines de junio. Si recibiéramos la notificación de su entrevista para la tarjeta verde antes de esa fecha, volveríamos antes.

Ambos sentimos una ola de alivio ante esta decisión. Anhelábamos una pausa de los pensamientos constantes sobre el cáncer y sus tratamientos. Era hora de darles a nuestras mentes un respiro muy necesario. Paola finalmente se libró de la enfermedad. La radioterapia fue una medida preventiva para estar doblemente seguros. Podría esperar hasta que regresara a Chile en junio.

Su neuropatía todavía era grave, así que decidimos comprar un par de *scooters* eléctricos. Nos encantó la libertad que nos dieron para movernos y ver la ciudad. Partiríamos hacia Greenwich Village para pasar una tarde tomando café y observando a la gente. Nos embarcaríamos en una aventura por las calles del Lower East Side, luego nos dirigiríamos al elegante Upper East Side. Navegamos por el bullicioso corazón de Midtown, nos empapamos de la exuberante belleza de Central Park y navegamos por el río Hudson. ¡Fue una exploración de todos los rincones de Manhattan!

Como cualquier pareja, tuvimos nuestra parte de altibajos y hubo días de discusiones apasionadas. Sin embargo, éramos lo suficientemente mayores y sabios como para no perder de vista nuestro amor mutuo durante el proceso. Limpia el aire y olvídate.

La petición de la tarjeta verde de Paola fue aprobada a mediados de abril. El caso ahora se trasladó al Centro Nacional de Procesamiento de Visas (NVC). El NVC trabajaría con el consulado en Santiago para fijar una fecha para su entrevista. Todavía estaban lidiando con un gran retraso debido al COVID, por lo que no estábamos seguros de cuándo se llevaría a cabo su entrevista. Continuamos con nuestras vidas, montando pacientemente esta ola de incertidumbre lo mejor que pudimos.

A fines de junio, Paola abordó un vuelo de regreso a Chile, lista para embarcarse en el capítulo final de su viaje contra el cáncer de mama: tres semanas de radioterapia. Hice un seguimiento a fines de julio y ambos volamos juntos de regreso a Nueva York a fines de agosto. Una vez más, tuvimos un agradable final de verano y principios de otoño juntos; lo más destacado fue el desfile de Halloween de Nueva York.

La organización que organiza eventos de patinaje de verano en Skater's Road tenía una carroza en el desfile. Recibimos boletos para participar en el evento, disfrazándonos de un rey y una reina celtas de Irlanda de la época pagana. La carroza cobró vida con un DJ que tocaba música *house* edificante, lo que inspiró a todos a levantarse y bailar. Paola abrazó el momento en la carroza, irradiando alegría, mientras yo me unía a los demás bailarines y patinadores detrás de ella, unidos en celebración y en movimiento. A medida que la carroza gira hacia la Sexta Avenida en dirección norte, las multitudes en la calle que observan la escena y la atmósfera se multiplican. El desfile de Halloween de Nueva York es un evento espectacular, con participantes y espectadores vestidos con disfraces elaborados y, a menudo, aterradores. Paola baila encima de la carroza; sus movimientos eran elegantes y exuberantes. Con un saludo majestuoso, abrazó a la multitud, haciéndolos sentir como si fuera su reina en ese momento mágico. Yo, vestida con una capa verde con capucha larga, energizada por la multitud, la música, mi reina celta bailando y sonriendo, la ciudad y el cielo nocturno, bailé como nunca antes. Cerré los ojos, agarré ambos lados de mi capa y bailé mi danza pagana. Fue mi liberación, mi meditación, mi llamado al Universo para que hiciera lo que fuera necesario para que pudiéramos comenzar a vivir nuestras vidas juntos sin más despedirnos.

A la mañana siguiente, abrí mi computadora para encontrar un correo electrónico del NVC. La entrevista de Paola estaba programada para principios de diciembre en Santiago. Fue durante este tiempo cuando a mi madre le diagnosticaron cáncer de páncreas en etapa IV. A pesar de lo esperanzados que intentamos ser, en el fondo, sentimos que su tiempo con nosotros estaba llegando a su fin. Afortunadamente, Paola y yo habíamos planeado volar a Irlanda para Navidad y Año Nuevo.

Paola voló de regreso a Chile a mediados de noviembre, donde le esperaban unas semanas intensas. Con el reloj corriendo hacia su examen médico crucial y la entrevista de visa, se sumergió en una ráfaga de preparativos finales que darían forma a su futuro. Al final, la entrevista salió bien. El oficial de inmigración le pidió su pasaporte y dijo que se lo devolverían dentro de 30 días, junto con su visa de inmigrante. Cuando Paola le explicó que volábamos a Irlanda por Navidad para visitar a mi madre enferma, no tuvo ningún problema. Le dijo que podía enviar su pasaporte al consulado cuando regresara.

Paola regresó de Chile justo una semana antes de Navidad y al día siguiente, volamos a los encantadores paisajes de mi lugar de nacimiento, Irlanda. Pude pasar tiempo con mi madre todos los días hasta que falleció, una semana después de Año Nuevo. Sus tres hijos, siete nietos y todo el amor que le teníamos estaban en la habitación al momento de su fallecimiento. Haber amado y saber que fuiste amado. Nada más importa al final. Nada.

A mediados de enero, Paola voló de regreso a Chile, llena de anticipación mientras se preparaba para obtener su visa de inmigrante. Junto con este importante paso hacia su futuro, necesitaba someterse a una cirugía de reconstrucción mamaria. Durante nuestro viaje a Irlanda, uno de sus implantes se rompió, por lo que fue necesaria otra cirugía. Como hombre, apenas sabía que algo tan hermoso podría causar tantos problemas. Y aún había más problemas por venir.

A mediados de marzo, Paola voló de nuevo y regresó a Nueva York. El oficial de inmigración la dirige a una sala donde se procesará su entrada a los Estados Unidos, evocando recuerdos y temores de su primera visita. Sin embargo, todo salió bien. Recibiría su tarjeta verde por correo electrónico en un plazo de 90 días. Ella era oficialmente residente permanente en los Estados Unidos.

Un mes después de la llegada de Paola, su tarjeta verde aún no había llegado. Por ley, un residente permanente debe llevar su tarjeta verde en todo momento para demostrar su estatus legal. Por lo general, esto no sería algo de qué preocuparse. Sin embargo, la nueva administración de los Estados Unidos realmente estaba tomando medidas enérgicas

211

contra la inmigración ilegal. Los medios de comunicación estaban llenos de historias de latinoamericanos, sospechosos de ser inmigrantes indocumentados, arrestados en la calle por agentes del Servicio de Inmigración y Control de Aduanas (ICE) y puestos bajo custodia. El miedo y la tensión en el aire era pesado y palpable.

En lugar de caminar felizmente por las calles de Manhattan tarareando la melodía de una canción clásica de Sting sobre ser un extranjero legal en Nueva York, Paola se sintió nerviosa al salir del apartamento sola. Pasó desapercibida durante el mes siguiente y descansó lo que necesitaba para recuperarse de su cirugía. A principios de mayo, quería salir del apartamento con más frecuencia y comenzar a construir su nueva vida en Nueva York. La inscribí en un curso de inglés en una escuela de la calle 103. El jueves de su segunda semana de clases, la acompañé en mi scooter a clase. El *scooter* de Paola derrapó sobre la grava al frenar al acercarse a un semáforo y cayó con fuerza sobre su hombro izquierdo. Un par de noches después, Paola sintió algo en la misma parte del seno donde había encontrado el bulto original. Un nódulo grande. Luego otro. Luego otro.

Para el observador objetivo, cualesquiera que fueran los nódulos, estaban relacionados de alguna manera con la cirugía de reconstrucción mamaria y con la caída. Sin embargo, para una mujer que se había recuperado recientemente de una forma agresiva de cáncer de mama, por segunda vez, no podía ver los nódulos como algo distinto de cáncer. Estaba convencida de que esto era todo y que estaba sucediendo rápido. Esa noche, ambos nos sentimos devastados. ¿Realmente iba a ser así como terminaría nuestra historia de amor?

Al día siguiente, decidimos que la mejor y más rápida opción era que volara de regreso a Chile para hacerse una biopsia. Decidí que volaría con ella. Con mi curso de verano realizado en línea, fue posible. El rostro de Paola se iluminó de alegría cuando se lo dije; no quería enfrentar sola otro pronóstico de cáncer.

El único obstáculo fue el Servicio de Ciudadanía e Inmigración de los Estados Unidos (USCIS). Con la tarjeta verde de Paola aún en proceso, necesitábamos obtener permiso para que ella saliera del país y, lo que es más importante, regresara. Llamé a USCIS y recibí una cita de emergencia para el lunes siguiente por la mañana en 26 Federal Plaza.

Al llegar al vestíbulo, me llamó la atención la falta de gente esperando para entrar al edificio. ¿Dónde estaban las largas filas de inmigrantes que generalmente esperaban para entrar al edificio? Mostramos la seguridad de nuestro correo electrónico de cita y nos dirigimos al tercer piso.

Le expliqué, en resumen, nuestra situación. Después de cierta confusión y ansiedad respecto a si Paola era residente permanente legal (debido a dos números de extranjero, uno antiguo y otro nuevo), el oficial de inmigración colocó un sello en el pasaporte de Paola, lo que le permitió viajar hacia y desde los EE. UU. por un período de seis meses. Volamos a Chile a principios de junio. Paola se hizo una biopsia el mismo día en que llegamos. Los resultados tardarían dos semanas en llegar. Al final, los resultados fueron negativos. Los nódulos se relacionaban con su cirugía de reconstrucción y con su caída. Se sintió tan aliviada que por fin pudo respirar.

Todo sucede por una razón, o eso dicen. Sí, podemos encontrar razones para lo que nos suceda si buscamos lo suficiente. Había razones por las que el verano (o el invierno) en Viña del Mar era el mejor momento para comenzar nuestra vida juntos, de verdad. Me permitió el tiempo y el espacio para sumergirme en el aprendizaje del español. Por supuesto, Paola necesitaba aprender inglés, pero yo también necesitaba aprender español, el idioma de su corazón. Esta fue una oportunidad fantástica para hacerlo.

Nos alojamos en un apartamento cerca del de su madre, lo que le permitió a Paola pasar tiempo con su madre, sin la presión de vivir con ella. Paola y su madre estuvieron notablemente unidas durante toda su vida. Ya no era la madre que Paola conocía, lo que la entristecía mucho. Pasamos tiempo con sus dos hijos, Alejandro y Daniel, lo que me permitió conocerlos mejor. Afortunadamente, también estaban ansiosos por conocerme mejor, lo cual hizo feliz a Paola. Pudimos pasar un par de meses juntos en el lugar donde Paola se sentía más relajada: su ciudad natal. Me dio la oportunidad de conectarme con ella en un

213

nivel más profundo y genuino. Me permitió apreciar plenamente lo importante que fue para ella emigrar a Nueva York. Dejando a su familia y amigos, su idioma, pero también la cultura, la ciudad y el país que amó y vivió toda su vida.

No se iba por la oportunidad de vivir en Manhattan. Amaba Manhattan, pero nunca tuvo un profundo deseo de vivir allí. Ella estaba dejando todo para estar conmigo. Me abrió los ojos a la profunda profundidad de su amor por mí y, a su vez, al increíble vínculo que compartimos. Ya sea en Nueva York, Irlanda o Chile, todo lo que importaba era que estuviéramos juntos.

La tarjeta verde de Paola llegó por correo casi 90 días después de que ingresó a los EE. UU. como inmigrante. La hermana de Paola, Emilia, que estaba cuidando a Blue, nos lo envió por correo a Chile. Volamos juntos de regreso a Nueva York a principios de agosto sin ningún problema.

Poco antes de nuestro regreso, la salud de Blue comenzó a deteriorarse rápidamente. Hacíamos videollamadas todos los días, hablábamos con él y lo animábamos a aguantar. Mientras esperábamos en la puerta de embarque para nuestro vuelo nocturno a Nueva York, Emilia nos hizo una videollamada. La imagen de Blue llena la pantalla, recostado en un cojín, con la misma vela encendida a su lado que estaba encendida en la habitación donde falleció mi madre. Levantó un poco la cabeza al reconocer nuestras voces, pero pudimos ver que le costaba respirar, así que decidí decirle que estaba bien dejarlo ir. Le dijimos que lo amábamos muchísimo y terminamos la llamada entre lágrimas. Cinco minutos después, Emilia me envió un GIF de una vela encendida y agregó que Blue ahora está con San Francisco. Blue falleció a los dieciocho años y diez horas antes de nuestro regreso a Nueva York. Mientras escribo estas palabras, las lágrimas corren por mi rostro. El dolor de no estar allí en persona para despedirme nunca se irá.

La conexión que sentimos esa primera noche en que nos conocimos fue el amor. Al final de nuestro viaje a Buenos Aires, se había convertido en algo a lo que teníamos que comprometernos contra viento y marea. El infierno y la marea alta llegaron en forma de cáncer y quimioterapia,

214

pero cabalgamos las olas de la incertidumbre y seguimos adelante por el Amor. En los largos meses separados, seguimos adelante por Amor. Los desafíos de comunicarnos los superamos por Amor. Cada argumento o malentendido lo resolvimos por Amor. Cuando sentimos que los desafíos eran demasiado grandes, que tal vez el sentimiento no sería suficiente, seguimos adelante por Amor y descubrimos que sí lo era.

El amor —en todo su misterio, su poder, su fuerza, su fragilidad, su belleza, su elegancia y su dulzura— merece que se luche por él, sin importar qué obstáculos se interpongan en su camino. El amor —en todas sus formas— es aquello que anhelamos, lo que nos une, lo que nos hace y lo que nos mantiene humanos.

Una Oda a Nueva York

Por ti, volaré.

Por la energía cinética que llena sus calles, volaré.

Por la vitalidad que me despierta, volaré.

Por el espíritu de alegría que insufléis en mí, volaré.

Por los verdaderos amigos que trajiste a mi vida, volaré.

Por el gran Amor al que me llevaste, volaré.

Por la vida, la libertad y la felicidad que me has dado, volaré.

Por ti, volaré.

Volaré. Volaré. Volaré.